抱き締められて　唇をもとかしそうに食まれる。息ができない。苦しくて、
唇の結び目が開いてしまった。そこにすかさず濡れたものが侵入してくる。
熱くて、滑らかで、肉厚の……
（本文より）

BBN
B●BOY NOVELS

# ハニーベアと秘蜜《ひみつ》の結婚

水瀬結月

イラスト／Ciel

この物語はフィクションであり、実際の人物・
団体・事件等とは、一切関係ありません。

# CONTENTS

# ハニーベアと秘蜜《ひみつ》の結婚

とろり、とそれが舌に絡みついてきた瞬間、春原美都《すのはらよしと》は身震いした。

(この味！　──じいちゃんの蜂蜜……！)

ぶわっと口腔《こうこう》いっぱいに満ちた蜂蜜の味と香り。瞼《まぶた》の裏に、故郷の山々の風景が瞬く間に広がっていく。

採《と》ったばかりの蜂蜜を手に、ぶっきらぼうに美都を振り返る祖父の姿が甦《よみがえ》ってきた。「舐めるか？」と仕草で尋《たず》ねてくる。幼い美都は「にゃめる！」と返事するのももどかしく、いつも祖父の手に飛びついていた。すると祖父は、ようやく自慢げに口角を上げるのだ。

(じいちゃん……)

こんなに鮮明に祖父の顔を思い出したのは久しぶりだ。懐かしくて、もうこの世に祖父がいないことをやけにリアルに感じて……ぽろっと涙が零《こぼ》れる。

(……え⁉　なんで泣いてんの⁉)

自分のことなのにびっくりした。

祖父が他界したのはもう十年も前だ。淋しさがなくなることはないが、気持ちの整理なんてとっくについているのに。

それにここは蜂蜜ショップの店先。蜂蜜の試食をさせてもらっているところだ。泣くような要素などどこにもない。

「す、すみませ……」

恥ずかしくて、担当の店員の顔が見られなかった。きっと困惑しているに違いない。

幸いなのは、半個室のハニーカウンターで接客を受けていたことだろう。

ここ『メドヴェーチ』は世界中のセレブが愛してやまない超高級蜂蜜店だ。欧州のいくつかの王国では王室御用達《ごようたし》でもあるとか。

完全な個室ではなく、あくまでブースという扱いらしいが、出入り口の扉の代わりに背面の壁が取り払われているというだけで、美都の感覚では個室となんら変わりない。

美都のアパートの部屋くらいありそうなブースにバーのようなカウンターがあり、そこにキラキラと輝く宝石の如《ごと》き幾《いく》種類ものハニーディスペンサーが並んでいる。天井にはシャンデリア、壁には一面に蔦《つた》が這わされ、高級感溢《あふ》れる空間に仕上がっている。そして客はふかふかのソファに腰掛け、恭《うやうや》しい接客を受ける。

初めての客にはコンシェルジュによる蜂蜜カウンセリングから始まり、それを経《へ》て担当の『案内人』が決まる。いわゆるソムリエのような役割の、蜂蜜スペシャリストだ。

タキシードに身を包んだ案内人は、まるでおとぎ話の城から抜け出してきたみたいにかっこよかった。同性であっても見惚れてしまう。きっと世の女性の大半は、こんな接客を一生に一度は受けてみたいとうっとりするだろう。

しかし美都は自分の場違いっぷりに緊張しきっていたため、うっとりよりもガチガチだった。

美都は貧乏大学生だ。この春、四年生になったばかり。

本来であれば、超高級蜂蜜店に足を踏み入れられるような身分ではない。

けれど今日ここに来たのには、理由があった。

ついさっき受けてきた、就職採用試験の最終面接でのこと。面接官に聞かれたのだ。「人生でなんの役にも立たないって分かってるけどやめられないものって、なんですか？」と。

少し考えて、「ありません」と答えた。本当になかったから。全寮制高校への進学を機に家を出てから、常に、早く自分の力で生きていけるようになりたいとだけ考えて生きてきた。人生の役に立たないことをしている暇なんてなかった。

正直にそう言うと、面接官は「あ、これは採用には直接関係ないから。正直に答えていいんですよ」と苦笑した。しかし美都にはやはり何もないとしか答えられなかった。すると面接官は、「じゃあ、これだけはやめられない無駄な食べものは？」と重ねて尋ねてきた。美都の答えは同じだった。

無駄なものなんて、美都の生活にはありえなかった。いつだって無駄を削《そ》ぎ落とし、目指す方向に真っすぐに生きてきた。これ以上、両親や弟妹のお荷物にならないことだけが望みだった。

面接官は、うーんと唸《うな》り、「いや、これ、本当に採用には関係ない質問なんで。ただ……なくても困らないけどあったら幸せになれる無駄なものって、案外、人生を救ってくれたりするから。本当にないとしたら、老婆心《ろうばしん》ながら、何か一つでも見つけた方がいいと思いますよ。春原くんはかなり真面目《まじめ》みたいだから」と言って、この話は終わった。これは不採用だな、と感じた。

面接からの帰り道、美都はそのことについてずっと考えていた。

『なくても困らないけどあったら幸せになれる無駄なもの』――つまり贅沢品《ぜいたくひん》。その図式で考えると、頭にポンと浮かんだものがあった。

（蜂蜜……！）

それもただの蜂蜜ではない。

超高級蜂蜜店メドヴェーチの商品の中でも、最高級の『琥珀《こはく》の幻夢《げんむ》』。ティースプーン一杯が一万円超えという、庶民感覚ではありえない超高級品。

しかし美都にとってそれは、ただ懐かしい、祖父の蜂蜜の味を意味する。

美都の祖父、五郎太《ごろうた》は、知る人ぞ知る『伝説の蜂蜜採取人』だった。養蜂《ようほう》ではなく野山に自然に作られるミツバチの巣から蜂蜜を採取するのだが、その味と質が奇跡のような素晴らしさだったのだ。春原家の所有する山に自生する数種類の花の蜜が混ざり合い、奇跡の配合になっていたらしい。

祖父の蜂蜜のファンは世界中にいて、毎年、予約が殺到していた。けれど採れる量は限られている。そこでメドヴェーチの先代社長が、祖父からレシピを譲《ゆず》り受け、『琥珀の幻夢』を開発したと聞いている。

美都は祖父の蜂蜜が大好きだった。祖父の蜂蜜が、美都と家族を繋《つな》いでくれた。

小学校最後の年に祖父が亡くなり、その三年後に『琥珀の幻夢』は完成した。そして一度だけ、『琥珀の幻夢』を食べた。祖父の蜂蜜の味がした。

甘くて、懐かしくて、嬉しくて、切なくて――さまざまな感情が混ざり合い、弾けそうなくらい胸いっぱいに膨《ふく》れ上がって、二口目は食べられなかった。こんな贅沢はないと思った。それ以来、美都は『琥珀の幻夢』をひと舐めもしていなかった。

贅沢とは、自分が得てはいけないものという意味だった。だから『琥珀の幻夢』を思い出すことはあっても、お金を貯めて買いに行こうなんて大それたことは考えたことがなかった。

けれど、『なくても困らないけどあったら幸せになれる無駄なもの』を一つ見つけるとしたら、美都にとっては『琥珀の幻夢』以外に思いつかない。

メドヴェーチに行ってみようか……と、ふと思った。タイミングのいいことに、最終面接を受けた商社からメドヴェーチ本店はそれほど離れていない。

しかしやはり贅沢だと尻込みした。だが、その贅沢こそが「案外、人生を救ってくれたりする」というあの面接官の言葉が耳に残っていた。人生を救うとは、壮大な話だ。贅沢を恐れる自分は、救われないのだろうか。

かなり長い時間、美都は逡巡し続けた。そしてこれも何かの縁だからと、一生に一度だけの贅沢を味わうのだと自分を説得して、ありったけの貯金を下ろしてメドヴェーチに向かった。

地味にもほどがあるリクルートスーツだが、身だしなみという点では合格だろう。よれよれの普段着よりずっとマシだ。

メドヴェーチのビルが見えてきた頃には、緊張で喉がカラカラになっていた。

店頭には大人の背丈ほどの熊のぬいぐるみ——マスコットキャラクターの『クマ執事』がいて、美都は少しビクッとした。子どもの頃に山の中で熊に襲われて以来、熊は苦手だ。できることなら関わらずに生きていきたいくらいには。

やっぱりやめておこうか、とクマ執事に恐れをなした美都は思った。

しかしクマ執事の向こう、ウィンドウに飾られたハニーディスペンサーの中で輝く黄金色の蜂蜜に、こくり、と喉が鳴った。カラカラに乾いていた口の中に唾液が滲《にじ》んできて……扉が開いた。美都のために、ドアマンが中から開けてくれていた。わざわざ人の手で開けてくれることにまず驚き、そして覚悟を決めた。

（僕は、今から、贅沢をする……！）

一生に一度の贅沢だ。

『琥珀の幻夢』を買ったら、三年がかりで貯めた貯金もきっと底をついてしまう。

それでも美都は今、『なくても困らないけどあったら幸せになれる無駄なもの』を確認しておくべきなのだ。

緊張に逃げ帰りたくなりながら、コンシェルジュによる初回カウンセリングを受けた。好きな蜂蜜の種類や食べ方は分かるが、常飲している飲み物や興味のあることなどを聞かれるのはなぜだろうと思っていたが、世の中には蜂蜜を砂糖の代わりに使ったりスキンケア用品などに混ぜたりする人もいるらしい。

蜂蜜といえばそのままストレートに舐めるということしか考えたこともなかった美都は、初っ端《しょぱな》から驚かされてしまった。

結局、美都が答えられたのは、『琥珀の幻夢』を買いたいということだけ。

手を煩《わずら》わせるのも申し訳ないし、一番小さな瓶を……それでも目玉が飛び出るくらいの値段がするのだが、それだけをさくっと買って失礼しようと思っていた。ところが、まずは試食することを勧められた。

「大変恐縮ですが、これは当店のポリシーでして。『琥珀の幻夢』に限らず、ご試食でお気に召した蜂蜜のみをお買い求めいただけるよう、力を尽くしております」

それゆえに通信販売の場合でも、まずは試食用サンプルを送り、改めて注文してもらうのだという。

コンシェルジュの強い勧めにより、美都は試食ブースへと進んだ。そしてタキシード姿の案内人を紹介され、いざ、と試食用の小匙に舌を伸ばしたのだ。まさか泣いてしまうなんて思いもせずに。

美都は俯《うつむ》いて、ぽろぽろと零れ落ちてくる涙を手で拭う。早く泣きやまなければと思うのに、理由の分からない涙はなかなか止まってくれない。悲しいとかつらいとかなら気持ちを切り替えることもできるが、ただ懐かしくて胸がいっぱいだからなんて、どう処理すればいいのか。

焦《あせ》っていると、目の前に白いハンカチが差し出された。

大きな手は、さっき小匙を渡してくれた案内人の手とは違っている。びっくりして思わず顔を上げたら。

ズモモモ……熊が、仁王立《におうだ》ちしていた。

「ヒッ!?」

思わずソファの上を後ずさる。幼いあの日の記憶がフラッシュバックして。祖父の蜂蜜を横取りしに来た熊に、美都は二度襲われたことがある。

しかし瞬きをして気づいた。そこにいるのは熊ではなかった。三つ揃《ぞろ》いのスーツに身を包んだ、いかにもエリートという雰囲気の男性。

年齢は三十代前半くらいだろうか。綺麗《きれい》に撫でつけられた髪と、整った顔立ちは、こんなシチュエーションでなければ芸能人かと疑わせるのに充分な華やかさだった。そして若々しい見た目にそぐわないこの貫禄《かんろく》はなんなのか。

吸い込まれそうなほど深い漆黒の眸《ひとみ》がまっすぐに美都を見つめてくる。

見つめられていると心臓がバクバクする。もしかして一瞬でも熊かと思ってしまった名残《なごり》だろうか。この人は熊ではないともう分かっているのに、最初のインパクトが強すぎた。

「春原様、よろしければお使いください」

艶やかな低い声。甘い、と思った。声に甘さがあるなんて知らなかった。

(誰……?)

遠慮することも忘れて、美都はふらふらと手を出していた。ハンカチをそっと握らされる。触れた手の温かさにドキッとした。労《いたわ》られていると感じた。

思わず受け取ってしまったが、こんなに綺麗なハンカチを汚すわけにはいかない。というか、自分のハンカチがジャケットのポケットに入っているではないか。普段は鞄《かばん》の中だから、思わず手で拭ってしまっただけで。

「あの……」

返そうとしたら、「どうぞご遠慮なく」と微笑まれてしまった。ハンカチを取り出してみせようとしたがすでに美都の左手は彼のハンカチ、右手は試食用の小匙で塞《ふさ》がっている。そして蜂蜜が匙を伝い落ち、指にまで垂れていることに気がついた。

（もったいない！）

ぺろり。思わず舐める。

蜂蜜がもったいないということしか考えられなかった。

再び口腔に広がった祖父の蜂蜜の味と香りに、ジーンとして……ぺろぺろと最後まで舐め取る。

ぺろぺろぺろ……ガシッ。突然、手首を摑まれた。

ビクッと跳びはねる。我に返った瞬間、咎《とが》められたのかと思った。よく考えたらとてもはしたないことをしていた。

しかし美都の手首を摑んでいるその人は、怒っているというよりギラギラと光る眼を血走らせて……興奮しているように見えた。

「あっ、あの……？」

背筋を冷や汗が流れる。なぜか自分が、猛獣に狙いを定められた小動物になったような錯覚《さっかく》を覚えた。バクバクと鼓動が荒れ狂う。逃げなきゃ。喰われる。そんな想いがぐるぐると巡り、緊張に耐えきれなくなってきた、その時。

「社長、落ち着いてくださいー」

ゆるーっとした声が男性の後方から聞こえてきて、彼は夢から醒《さ》めたみたいにハッと表情を変えた。

理性が戻った。そんなふうに感じた。

「……失礼。久しぶりの再会に、喜びが溢れてしまった」

（再会？　……っていうか、社長？　……えっ!?　社長!?）

社長といえば、六年前に代替わりした、先代の孫のはず。名前は神居尊琉《かみいたける》。けれど会ったことなどないはずだが。

彼は美都の前に片膝をつく。その動きがかっこよく見えるのは、身のこなしが洗練されているからだろうか。

「春原様――いや、もう白々《しらじら》しいな？　立派な大人になっていて驚いたよ、美都くん。確か今は大学四年だったかな？　二十一？」

「え？　あ、はい」

どうして知っているのだろう。

「そうか。……成人しているのなら、なんの問題もないな」

ギラッと一瞬、目が光ったような気がした。それは完全に捕食者《ほしょくしゃ》の目だった。

美都が小さく震えていると、彼は一転して優しいまなざしになる。摑んだ手は放してくれないが。

「今日は『琥珀の幻夢』を求めに来てくれたとか？　きみは蜂蜜に興味がないとご両親から伺《うかが》っ

ていたが、違ったのだな」

　両親と交流があるのか。そんなことさえ美都は知らなかった。

というか、美都が五郎太の孫であることに疑いはないらしい。先ほどのカウンセリングで氏名や生年月日なども答えたから、そこから分かったのだろうか。それに彼の口ぶりでは、自分たちは会ったことがあるようだ。

「いえ、その、興味がないなんてことはないんですが……」

　贅沢だから。自分は贅沢などしていい身分ではないから。

　そんなディープな話をいきなりするわけにもいかず、美都が口を開けたり閉じたりぱくぱくしていると、彼は美都の頬をスッと拭《ぬぐ》った。涙の跡だ。思わず借りたハンカチで拭いてしまった、と焦っても、もう汚した後だった。

　恥ずかしさと、この状況が理解できない混乱に、美都が動揺していると。

「美都くん、よかったら少し社長室で話さないか？　――蜂蜜でも舐めながら」

「え!?」

　やたらと艶やかな声に、背筋がゾゾッとした。それは決して嫌悪ではないが、今まで感じたことのない落ち着かなさだった。

　できれば遠慮したい。この人に近づいてはいけないと、本能のようなものが訴えかけてくる。けれど……。

「きみとは一度じっくり話してみたかったんだ。五郎太さんの話を聞かせてくれないか？　私にとって彼は憧《あこが》れの人だから」

そう言った彼のどこか照れを含んだ表情に、あ、悪い人じゃないのかも、と一瞬にして絆《ほだ》された。少なくとも祖父に憧れているという彼の気持ちは本物だと感じる。

「えっと……じゃあ、少しだけ」

「この後に予定は？　就職試験があったりするのか？」

リクルートスーツだということは一目瞭然《いちもくりょうぜん》らしい。

「終わったところです。今日はもう帰るだけです」

「ならば、ぜひゆっくりしていってくれ」

彼は身を起こしながら背後を振り返り、「秋日《あきひ》」と誰かを呼んだ。

「はい。この後のスケジュールは、すべて『ご来客』で埋め尽くしました～」

「さすが、仕事が早いな」

「恐れ入ります～」

ほわーんと間延びした柔《やわ》らかな口調で答えたのは、スーツに身を包んだ小柄な青年。ほんわかとした空気を身に纏《まと》っていて、なんとなくもふもふの小動物を彷彿《ほうふつ》とさせる。イメージとしてはうさぎが近い。

「それから、菅井《すがい》くん。すまないがフルセットを社長室へ頼めるか？」

「かしこまりました。春原様、そちらお預かりします」

美都を担当してくれている案内人の菅井が優雅に近づいてきて、試食用の小匙を回収してくれた。美都の手首は相変わらず神居に握られたままなのに、まったく気にしていない様子で。彼はこの状況を不審に思わないのだろうか。もし思っていても態度に表していないだけだとしたら、すごいと思う。

「いくぞ」

ぐいっと手を引かれ、ソファから立ち上がる。それでも神居の顔を見るにはまだかなり見上げなければいけなかった。身長差はおそらく十五センチくらい。

ブースを前方から出てすぐに扉を開けると、そこはバックヤードらしき場所だった。店頭とは違いなんの装飾もないシンプルな造りだが、明るくて清潔感に溢れている。通路の端に観葉植物が置かれているのも好感が持てた。

通りすがりの従業員が、神居に気づくとみんな笑顔になって「お疲れさまです」と挨拶《あいさつ》する。それから手首を握られている美都に気づき驚いたような表情は見せるものの、不躾《ぶしつけ》な視線を送ってくるわけでなく一様に会釈《えしゃく》してくれるのがすごい。

ここはきっと働きやすい職場だと思った。就職活動でさまざまな企業を回っていると、なんとなく空気を読み取れるようになる。いわゆるブラック企業と言われる会社は、従業員の表情が乏《とぼ》しく、まるで深海の底のような冷たさを感じるのだ。ここにはそういったものがまったくない。

エレベーターに乗り込むと、美都の後からうさぎの青年も入ってきて、フロアパネルを押した。

密室に三人きりになる。緊張に硬くなっていると、青年はじーっと美都の握られた手を凝視してきた。

「社長、それ、放して差し上げたらどうですか？　美都さんは小鳥じゃないんですから、飛んで逃げたりしませんよ～」

「……そうか。そうだな。すまない、焦っていたようだ」

「焦った社長なんて初めて見ました。レアすぎて、ちょっとわくわくしますね～」

気安く交わされる会話に目を瞠《みは》っていると、青年がにこりと笑いかけてくる。

「申し遅れました。私は神居の秘書を務めております、神居秋日です。秋分の日に生まれたので、秋の日と書いて秋日です。安直ですよね～」

「悪かったな」

神居の合いの手に、彼がその安直な名づけ親だと知る。まさか彼らは親子なのか。それほど歳が離れているようには見えないのだが。

「悪いとは言ってないですよ～。安直だけどこの名前気に入ってます。あ、私は神居の甥です。同じ神居でややこしいので、どうぞ秋日とお呼びください」

「あ、よろしくお願いします、秋日さん。春原美都です」

叔父と甥だったのか。それならこの距離感も納得だ。

ようやく放してもらえた手首をなんとなくさすってしまう。痛みはないが、じんじんと痺《しび》れるような熱を感じる。

社長室は最上階にあった。神居が開けてくれたドアから入ると、どっしりとした大きな執務机と、造りつけの本棚のような蜂蜜棚が真っ先に目に入った。

棚には整然とハニーディスペンサーが並んでいる。容器は同じなのに、液体の色が全部違う。ほとんど透明のものから、琥珀《こはく》色、赤みを帯びた茶色、それに真っ黒なものまで。

「あれ全部、蜂蜜なんですか……？」

「もちろん。よかったら試食してくれ」

「あ、すみません。そんなつもりでは……！」

恐縮すると、神居は、ふっと笑みを零した。

「変わらないな、きみは」

ドキッとした。そのまなざしがやけに優しくて。けれど同時に申し訳なくなった。美都の記憶の中に、この人はまったく見当たらない。

(どうしよう……覚えてないって、言った方がいいよね？)

そう思うのに、言葉が出てこない。こんなふうに親しみを込めて接してくれている相手に、僕はあなたを知りませんと言うなんてとても失礼な気がする。

「遠慮しないでくれ。きみが蜂蜜に興味を持ってくれる方が私は嬉しい。それに実はとっくに試食のセットを手配済みだ」

と言うや否や、秋日が顔をのぞかせて「社長、フルセットが届きました」と声をかけてきた。

案内人の菅井が、美しい装飾の施《ほどこ》された硝子《ガラス》張りのワゴンを押して入ってくる。ミニサイズのハニーディスペンサーが整然と収められている。

「ありがとう、菅井くん。あとは私が」

「かしこまりました。それでは春原様、失礼いたします」

恭しく頭を下げられて、美都も急いでお辞儀《じぎ》を返す。所作のひとつひとつが綺麗なのだな……と、思わず見送ってしまった。菅井だけでなく、コンシェルジュもドアマンも、店頭に立つすべての人々が洗練された空気を纏っていた。商品が高価なだけではない。人が、高級店を創るのだと思った。どうすれば彼らのような振る舞いができるようになるのだろう。何か特別な訓練をしているのだろうか。

「美都くん、こちらへ」

応接用らしいソファを勧められる。背の低いテーブルを挟んで幅の広いソファがふたつ。美都なら横たわっても余りそうなサイズだ。

恐縮しつつ腰掛けると、神居は自らワゴンを傍《そば》まで押してきた。表情は微笑程度だが、やたらと楽しそうに見える。蜂蜜に興味を持ってくれる方が嬉しいというのは、社交辞令ではなかったらしい。

(すごいな……蜂蜜愛に溢れてるんだな)

「社長、私はここで見守ってますからね~?」

秋日が壁際に立ち、そんなふうに声をかけてくる。

「秘書室に下がっていてくれて構わないが?」

「社長が暴走しないと確信できたら、そうさせていただきます~」

「……確かにそうだな。私も確信がほしい」

なんの話だろう。

「美都くん、『琥珀の幻夢』以外に何か食べてみたい蜂蜜は？」

「えっと……すみません。僕、蜂蜜といえば祖父のものしか知らなくて……」

「百花蜜《ひゃっかみつ》と単花蜜《たんかみつ》の違いは？」

「……すみません」

何も知らなさ過ぎて恐縮してしまう。

「謝らないでくれ。一般的には知らなくて普通のことだ。簡単に言うと、百花蜜はさまざまな花の蜜が混ざったもの、単花蜜は一種類の花の蜜からできたものだ」

「……りんごの蜂蜜なら、聞いたことがあります」

「まさしく単花蜜だな。ミツバチは蜜の在り処《あか》を見つけると、仲間に場所を教えて、同じ場所から蜜を集める習性がある。ゆえにりんご畑に巣箱を置いておけば、自然とりんごの花の蜜ばかりが集まるという寸法だ」

そういうことだったのか。ということはつまり、祖父の蜂蜜は百花蜜か。

「りんごの蜂蜜から試食してみるか？」

「あ、はい。では、お言葉に甘えて」

神居は慣れた手つきで機器を扱う。ハニーディスペンサーを小匙にかざし、とろぉ…り、と蜂蜜を垂らした。そしてトレーごと小匙を差し出してくれる。

「さあ、召し上がれ」

にっこりと満面の笑みを向けられて、なんだかドギマギしてしまう。

「……では、いただきます」

恐る恐る小匙を手に取り、舌を伸ばす。

なぜかやたらと凝視されている気がする。緊張しながら、ぺろり、舐めてみると。

カッ！　神居の目が見開いた。

（なっ、何⁉）

何か間違ったことをしただろうか。動揺したが、「どうぞ」と促《うなが》されてはさらに舐めるしかない。

ぺろ……ぺろ、ぺろ。

「……っ！」

神居が息を呑《の》み、ぎゅっと瞼を閉じて眉間を押さえた。何かの衝撃に耐えるような仕草に、美都は本格的に困惑する。

「……あの、すみません。僕が何か失礼なことをしてしまいましたか？」

おずおず尋ねると、神居は即座に首を横に振ってくれる。それから大きく深呼吸をして、ようやく顔を上げた。目が血走っている。結構怖い。

「驚かせてすまない。美都くんの蜂蜜の舐め方があまりにも素晴らしく、感動した」

「ええ……？」

舐め方？　素晴らしい？　意味が分からない。

動揺のあまり、もうひと舐め。

「うっ」

神居が呻《うめ》いてその場にくずおれた。

大丈夫だろうか。完璧な立ち居振る舞いとのギャップに、これは何か深い意味のある行動なのではと考え込んでしまう。

「はいはいはい、ちょっと失礼しますね～。社長、イエローカードでーす。深呼吸してください。しばらく私が代わりに給仕を務めさせていただきますね」

秋日が救世主に見えた。

「……あの、僕が何か失礼をしてしまったのなら、教えてください」

「ああ、美都さんは何も悪くありませんよ。ご心配なく。社長はたぶん今、己の中に眠っていた真実と向き合わされていて忙しいと思うので、しばらくそっとしておいて差し上げてください～」

よく分からないが、なんだか重大な局面に居合わせてしまったらしい。

「ここだけの話、社長は『こぐまのぺろぺろフェチ』なんです～。こぐまが蜂蜜をぺろぺろ舐める姿を見るのが大好きっていう」

「ぺ、ぺろぺろフェチ、ですか？」

「ですです。きっと美都さんの舐め方がこぐまに近かったんだと思いますよ～」

「ええ？」

一体どこが。

「それより、りんごの蜂蜜はいかがでしたか〜？」

「あ、すみません。……ちょっと、緊張してしまって、味が……」

「ですよね〜。あんなにジロジロ見られながらの試食なんて、誰だって食べた気がしませんよ。もう一回、いっときます？」

「いいえ、そんな、申し訳ない……」

「もういらないか、食べたいか、二択です。はい、どうぞ」

「えっと、じゃあ、食べたいです」

「かしこまりました〜」

なんだろう。とてもゆる〜っとした話し方なのに、すごくペースに巻き込まれる。しかもそれが少し楽しい。

鼻歌でも歌いそうな軽やかさで小匙に蜂蜜を垂らしてくれて、「はい、どうぞ〜」と渡されると、こちらも力が抜けて「ありがとうございます〜」とほっこり受け取ってしまう。

美都はすっかりリラックスしていた。そしてぺろり、と舐めた瞬間。

「ん！」

ふわっと口腔いっぱいに広がった、りんごの香り。ふくよかで、気品に満ちている。芳醇《ほうじゅん》というのはこういう時に使う言葉だったのか。

「お気に召しました〜？」

「はい！　とっても美味《おい》しいです」

「自慢ですけど、当店の蜂蜜はすべて契約養蜂家さんの丁寧《ていねい》な仕事による純粋蜂蜜ですから。この品質を知ってしまったら、もう後戻りはできませんよ～」

そこは、自慢じゃないですけど、と言う場面ではないだろうか。思わずクスッと笑ってしまう。

「あら、笑顔がチャーミングです～。次、何いきましょう？　単花蜜の果物シリーズいっときます？　オレンジとかさくらんぼとかライチとかいろいろありますけど～」

「え、そんなに種類があるんですか？」

「花の蜜あるところに、蜂蜜ありですよ～。美都さんが好きな果物は？」

「桃です」

「残念！　桃はね～、蜜自体がすごく少ない花なんです。しかも手作業で受粉させるので、養蜂は行われてないですね。桃のまざった百花蜜はあっても、桃の単花蜜はきっと存在しないと思います～。もしも『桃の蜂蜜』として売ってる商品があるとすれば、それはほぼ百パーセントの確率で、人工的に香りづけした加工蜂蜜ですね～」

「加工ですか」

「ですです。市販の蜂蜜には純粋と加工がありまして、加工は薄めたり糖を加えたり、いろいろ手が加えられてるんですよ～。安いのはだいたい加工ですね。品質がまったく違います」

そうだったのか。蜂蜜と銘打《めいう》たれている商品は、すべて同じだと思っていた。

「品質的な一番の違いって、なんだと思います～？」

「……舌触りとかですか？」

「惜しい！　実はまぜもののない純粋な蜂蜜ってね……虫歯にならないんです」

「え⁉」

「殺菌効果があるので、寝る前にスプーン一杯の蜂蜜を舐めておくと、むしろ虫歯の予防になるんですよ～。すごくないですか？」

「すごいです！」

しかし美都の答えは全然惜しくなかった気がする。

「こんなに甘い蜂蜜が……虫歯にならないどころか、虫歯予防になるんですか……？」

不思議すぎて、ハニーディスペンサーを凝視してしまう。

「ですです。喉の炎症を抑えてくれたり、傷口を殺菌してくれたりもするので、昔は薬として用いられてたそうです～。『神の液体』って呼ばれてた時代もあるほどですよ～」

へえ……！　と感嘆の声を上げてしまう。

秋日の口から飛び出す蜂蜜トリビアは興味深いことばかりで、すっかり夢中になっていた。聞けば聞くほど、蜂蜜に興味が湧いてくる。そしてテンポよく試食をさせてくれるものだから、遠慮も忘れて次々にぺろぺろしてしまう。

試食をするたびに、視線を感じた。恐る恐る視線の方を見ると、神居がカッと目を見開いて凝視している。正直怖い。けれどその立ち姿は紳士そのもの。美都も釣られて、自然と背筋を伸ばしていた。

果物シリーズをかなり制覇《せいは》したところで、ようやく神居が会話に戻ってくる。

「秋日、ありがとう。あとは私が」

「暴走しませんか～？」

「大丈夫だ。心は決まった。美都くんを口説き落とす」

「えっ!?」

秋日だけでなく、美都も驚きの声を上げてしまった。口説き落とすとは、一体。

美都の前に立ちはだかった神居は、さっきと同じように片膝をついた。今気づいたが、これは海外ドラマでよく見るプロポーズスタイルというものではないだろうか。

神居にそんな意図があるわけがないと分かっていても、なんとなくドギマギする。

「美都くん、『琥珀の幻夢』をどう思う？」

どう、とは？

「五郎太さんの本物の味を知るきみには、もしかすると違和感があるかもしれないが……」

そういう意味か。

「いえ、祖父の蜂蜜そのものでした。その……懐かしくて泣いてしまうくらい、本当に同じ味でした。さっきは失礼しました」

そうか、と神居は少し目を細めた。

「素晴らしい蜂蜜は数多くあるが、私は『琥珀の幻夢』が世界一だと思っている」

「僕もです！」

思わず前のめりになる。ぐっと眸が近づいた。ふわりと甘い香りが漂ってきた。その香りに記憶の中の何かを刺激され、よく分からない感情が胸に湧いてくる。美都は慌てて身を引いた。

「私は『琥珀の幻夢』をもっと多くの人たちに味わってもらいたい。そのための努力は惜しまないつもりだ」

「僕も、大学の友人たちに宣伝します」

「それは素晴らしい。だが、友人に勧めるにはいささか値が張りすぎるのでは？　金銭の絡む話は友情に罅《ひび》を入れてしまう危険性がある」

「あ……」

言われてみれば、確かに。そんなふうに即座に気遣ってくれる神居を大人だと思った。

「……そうですよね。……じゃあ、僕が社会人になって、きちんとお金を稼げるようになった頃に、贈答品とかで……」

気の遠くなるような話だ。笑われるかもしれないと思ったが。

「それは名案だ。だがそれよりも、私から一つ提案がある。美都くん、卒業したら——私の傍で働いてくれないか？」

「……え？」

何を言われているのか分からなかった。

しかし秋日は、「あー、そういう作戦ですか～」と呟《つぶや》いている。彼は理解できているようだ。

思わず秋日に助けを求めようとしたが、神居から視線を外そうとした瞬間、ぎゅっと手を握られた。

びっくりした。さっきの手首といい、この手といい……このスキンシップの多さ、もしかして神居は外国育ちだったりするのだろうか。

「美都くん、ぜひきみに、我が社に入社してもらいたい」

（……えっ！　そういうこと!?）

ようやく理解した。びっくりしすぎて、あんぐりと口を開けてしまう。

こんな展開、想像もしていなかった。というか、なぜ誘ってもらえるのかが分からない。

「いやか？」

「えっ、いえ、そんな……ただ、考えてもみなかったことなので」

「どこか狙っている会社がある？　今日も面接だったと言っていたが」

「いえ、その、お恥ずかしながら……安定した生活ができそうだという理由で受けさせてもらったので……」

それに今日の商社は、間違いなく落ちたと思う。本当に真面目みたいだから、とどこか呆《あき》れたように言っていた面接官は、おそらくきみにはおもしろみがないと言いたかったのだろう。

自分が、人間的な魅力に乏しいという自覚はある。だから大学で専攻してきた国際情報の方面の能力を必要としてくれそうな会社を片っ端から受けているだけだ。ちょうど今、四社で最終面接前後まで進んでいる。どこか一社でも採用してくれたら、精一杯働こうと思っている。

「恥ずかしくなどない。安定した生活は誰もが欲して当然のものだ。自立しようという美都くんの心意気を素晴らしいと私は思う」

そんなふうに褒められたら、逆に自分の志《こころざし》のなさが恥ずかしくなってしまうのだが。

「我が社は、就職先として魅力がないか？」

「まさか！」

咄嗟《とっさ》に声を荒らげていた。

メドヴェーチに魅力がないなんて、ありえない。この誘いは美都にとってあまりにもありがたいものだ。

しかし、だからこそ、なぜ自分を？　と思ってしまう。入社してから役立たずであることが発覚して迷惑をかけてしまうことが、何よりも怖い。

「……あの、僕なんてなんの取り柄もない平凡な学生なので、お誘いいただける理由が分からないのですが……」

「なんの取り柄もない？　とんでもない。きみは素直で、人を思い遣《や》れる柔らかい心の持ち主だ。それはきみにとって当たり前すぎて気づいていないかもしれないが、とてつもない武器だよ。計らずもこの短時間で、コンシェルジュ、案内人、秋日に私……四人の人間への接し方を見せてもらった上で感じたことだ。間違いない。その上、真面目でとても健全な思考を持っている。きみならどのセクションの仕事でも前向きに取り組んでくれるだろう。そんな人材、ほしくないわけがない」

「そんな、買い被《かぶ》りです。僕みたいな人間はごろごろいるのに……それに、採用試験も受けていませんし……」

これはいわゆるコネ入社というものになってしまうのでは。それは狡《ずる》いのではと美都は思った。

「ごろごろか。就職採用試験は、なんのためにあると思う？」

「え、……欲しい人材を採るためですよね？」

「受験者は皆、そう思っているだろうな。だが逆だ。少なくとも我が社は、欲しくない人材を採ってしまわないために採用試験を実施する。つまり振るい落としだ」

何が違うのだろう。言い方を変えただけではと思ったが。

「きみは渦中《かちゅう》にいるからよく分かると思うが、今の新卒採用は、いかにそつのない受け答えをするか、いかにうまく自分に能力があるとアピールするか……演技力の戦いになっていると思わないか？」

その通りだと思う。就職セミナーでは面接の傾向と対策が語られ、何を言えばポイントが稼げるか、どういう態度を取れば有能な人間に見られるか、ということを徹底的に仕込まれる。そして表情の作り方や声の出し方、発声練習など、本当に舞台に立つことを目指しているかのような演技の練習ばかりをさせられる。こんなのおかしいと思っても、降りることはできない。降りれば新卒採用のレールから外れてしまうという恐怖に苛《さいな》まれる。

「多くの会社にとって新卒採用は『そつなく採用試験をクリアできる人間は少なくともまったく使えないということはないだろう』という消極的な採り方だ。稀《まれ》に、ぜひとも採りたいと思えるエース級の学生はいるが、それは奇跡と呼ぶ。奇跡を期待して採用試験などしていられない」

企業側がそんなスタンスだなんて、想像したこともなかった。それでは学生と採用側との化《ば》かし合いではないか。なんの意味があるのだろう。

「だからこそ我が社には、従業員が『これぞ』と思った人物を紹介して、面接するシステムがある。そして今、私の目の前には一緒に働きたいと思える人材がいる。これもひとつの奇跡だ。口説かずにいられると思うか？」

ぎゅ、と強く手を握られた。まるで求愛されているみたいだ。そんなことを考えてしまったから、頬が熱くなってくる。

「……えっと、ありがとうございます。でも本当に、僕みたいな人間はごろごろいると思いますよ？」

「素直で思い遣りがあるというポイントだけを挙《あ》げるなら、確かに珍《めずら》しくはないだろう。だが、ぜひ我が社で一緒に働いてもらいたいと感じるきみは、唯一の存在だ。あとはきみ自身が、我が社に対してどう思ってくれるかということだけだ。魅力を感じないというなら、断ってくれて構わない」

するり……と手が離れて行く。美都は思わず前のめりになっていた。

「とんでもないです！　ご迷惑にならないなら、ぜひ働かせてください」

考えるより先に言葉が飛び出していた。

そして口にしてから、ぜひともメドヴェーチの一員になりたいという強い気持ちが湧いてきた。ここに来るまでに会った従業員たちの姿を思い出す。生《い》き生《い》きとしてかっこいい人ばかりだった。自分も彼らのようになれるだろうか、とわくわくし始める。

「そうか！」

神居は短く叫ぶと、笑顔を弾けさせた。突然の屈託のない笑顔にドキッとする。洗練された大人でも、こんなふうに笑うんだと思った。

そしてなんと――神居は再び強く握りしめた美都の手を取り上げて、指に唇を押し当てた。

「っ!?」

叫ばなかった自分を褒めたい。驚きすぎて声が出なかっただけだが。

「社長、ダメです～。イエローカードですー」

「ああ、すまない。喜びのあまり……いやだったか？」

はい、いやでした。なんて言えるわけがない。実際、驚いただけではあるし。ぶんぶんとかぶりを振ると、神居は艶やかな漆黒の眸を本当に嬉しそうに細めた。

「いつから来られる？」

「……いつ？」

「すぐに人事から内定を出す。入社は来春になるが、できれば有償《ゆうしょう》インターンとして、学生生活に無理のない範囲ですぐにでも我が社の一員になってほしい。どうだろう？」

「ぜひ！」

そんなの、美都の方から頼みたい。

「希望の部署はあるか？　インターンの間に一通り回ってみるというのもいいが」

「……あの、できれば、蜂蜜のことを一から勉強させていただきたいです」

「素晴らしい。ではそのように手配しよう。これからよろしく頼む、美都くん」

「こちらこそ、よろしくお願いします！」

ソファに腰掛けたままというわけにいかず、美都も床に膝をついてお辞儀をした。

神居は微笑み、自分が立つと同時に美都も立たせる。あらためて握手。

「あの幼かったきみが……」

しみじみ言われ、言葉に詰まった。

これは両親に、子どもの頃の話を聞いておいた方がいいかもしれない。

(でも……なんで覚えてないんだろ。こんなに印象的な人に会ってたら、いくら子どもの頃でも忘れないと思うんだけどな……)

＊　＊　＊

インターン生活が始まった。

シフトは大学の授業優先で組むようにと厳命されているが、一年の頃からコツコツと単位を取得してきたおかげで、四年生の今では必須授業は毎日一～二コマのみ。まったく大学に行く必要のない日もある。

これまでできるだけ大学に入り浸っていたのは、学費を払っているのだから最大に活用させてもらおうと単位にはならない授業も受けたり、図書館やゼミ室で本を読み漁《あさ》ったりしていたからだった。

そのため今は、毎日数時間はメドヴェーチに来ることができる。

蜂蜜のことを一から勉強させてもらいたいという美都の希望は、案内人からレクチャーを受けるという計らいを経て、「いっそ案内人を目指してみるか」というところに着地した。

本店に勤務する案内人は、現在三十名。そのうち十名が常時店頭に立ち、十名がセレブ専用の訪問販売部門、残りの十名がシフトによって店頭と訪問を兼務している。支店に勤務する案内人の指導も、本店から交替で派遣されるという。

正直なところ、憧れる。自分が案内人としてタキシード姿で接客するところを想像したら、ドキドキと胸が高鳴るほどだ。しかしバイトといえば塾の講師や家庭教師ばかりで、接客業の経験が皆無《かいむ》の自分に務まるかと不安になった。

神居にそう打ち明けると、

「幸運だな、美都くん。未経験というのは変な癖がついていないまっさらな状態ということだ。今なら一流の接客術を基礎の基礎から叩き込んでもらえるぞ?」

などと不敵に笑ってみせるものだから、「本当だ! どうして気づかなかったんだろう」とすっかりやる気になってしまった。

美都の教育係は、神居の推薦と本人の立候補により菅井が担当してくれることになった。

菅井は案内人としては一番の新人だというが、それであの素晴らしい接客なのかと、自分が対応してもらった時のことを思い出して驚いた。

菅井は二十五歳、一児の父で、笑うと目がなくなってしまうくらい細い。「こう見えてちゃんと物事が見えてるので、ご心配なく」と言われた時にはどう反応していいのか戸惑《とまど》ったが、「笑うところです。春原くんの緊張をほぐそうとしています」と解説してくれて、思わず吹き出してから一気に打ち解けた。菅井が真顔でちょいちょいユーモアな面を覗《のぞ》かせてくれるのがおもしろい。

接客マナーも蜂蜜のこともすべて菅井に聞いていいとのことだったが、負担になるのではと心配していたら、まずは外部のマナー講師のレッスンを受けさせてもらえた。これは美都だけのことではなく、メドヴェーチに入社が決まった者は全員受けるのだという。

立ち方、座り方、歩き方、お辞儀の仕方。その時の手の位置や視線の置き方など、マナー講師から事細かに教えてもらえて、それを実践する際のアドバイスを菅井からもらうという形だった。これはたしかに、基礎の基礎から叩き込んでもらえると神居が言うはずだ。

美しい身のこなし方が分かってくると、自然と自信が生まれてくるものらしい。

インターンを始めて一ヶ月も経《た》とうとする頃には、先輩たちのように接客できるだろうかという不安よりも、ただただ学ぶことが楽しくて、自分もいつかお客様に喜んでもらえる案内人になりたいと願うようになっていた。

神居は顔を合わせるたびに、「調子はどうだ？　困っていることは？」と声をかけてくれるが、美都は「楽しいです！」と答えるばかりだ。一度こっそりと呼び出されて、本当に困っていることはないかと尋ねられた。けれど美都の正直な気持ちも変わらないことを知ると、神居はホッと息をついた。

「菅井くんから、きみが案内人にとても向いているという話は聞いている。コンシェルジュや他の案内人たちも同意見だ。美都くん自身が楽しんでくれていてよかったよ」

なんて安堵《あんど》したように微笑んでくれるものだから、そんなに気にかけてくれていたのかと胸がざわめいた。そして思わず、

「天職に巡り合えたかもしれないって思ってます」

などと大それたことを口走ってしまった。すぐに我に返り、

「あっ、すっ、すみません。まだお客様に接してもいないのに生意気なことを……！」

と恥じ入ったが、神居は弾かれたように笑って、「きみは私を喜ばせる天才だな」と手を握ってきた。ドキッと鼓動が跳ねる。神居にとっては深い意味のないことなのだろうが、美都にとってこういう接触は非日常だ。撥《は》ねのけるのも失礼だし自意識過剰だし……といつも狼狽《ろうばい》してしまう。

「きみを逃がしたくなくて強引に入社を迫ったものの、きみの人生に土足で踏み込んでしまったのではと少し不安だったのだ」

「ええ!?　とんでもないです。本当に感謝してますよ!?」

あの日、すぐに人事部から採用通知が発行され、神居から手渡しで受け取った。そして同時に有償インターンとしての雇用契約書類にサインして、雇用システムや福利厚生などの説明を受け、帰宅して真っ先に思ったのは、「……もう就職活動しなくていいんだ」だった。

働く場所を与えてもらえた。自分は社会に受け入れてもらえたんだ、とじわじわ感動した。

これで、自分の力で生きていける。お金を稼いで、自分を養って、できればいつか家族を持ちたい。今までずっとただ大人になることに必死で恋をしている気持ちの余裕などなかったから、美都はいまだに誰とも付き合ったことがない。……いや、単にモテなかっただけかもしれないが。同級生の女の子と仲良くなって、可愛いなと思っても、それは妹に対するような気持ちだった。恋愛に憧れはあるけれど、美都は恋愛よりも結婚して家庭を作ることに気持ちが向いているのかもしれない。

愛し、愛された誰かと、温かい家庭を作りたい。誰にも話したことのない美都の夢は、膝枕だ。大好きな人に膝枕をしてあげたい。

「ありがとう。美都くんのその言葉を聞いて、安心したよ」

そう言って笑った神居の表情が、本当に晴れやかで……なぜか胸の奥がきゅんと疼《うず》いた。

自分の言動で、人をこんなふうに笑顔にできるということを、初めて教えてもらったような気がした。

少なからず、人とは接して生きてきたはずなのに。友人だっているし、彼らと笑い合うことだって日常だ。それなのに神居がこんなふうに笑ってくれると、びっくりするくらい嬉しい。どうしてこんなに嬉しいのだろう、と自分に戸惑ってしまうくらいだ。けれど理由には心当たりがあった。

「……社長って、人たらしですよね」

思わずボソリと呟いていた。

ハッと我に返って「すみません！」と頭を下げると、神居は苦笑して、

「誰よりも私をたらしている美都くんから、人たらしの称号をいただいてしまったよ」

と愉快そうだ。

「すみません、言葉選びを間違えました。その、社長とお話ししているとつい気持ちが高まるっていうか……自然と前向きになれるってるっていうか……」

そう思っているのは美都だけではない。

先輩社員たちも神居に声をかけられたら明らかに表情が輝くし、実際に「社長って本当に、ひとをやる気にさせるのが上手《うま》いよな」と苦笑しながらも嬉しそうな姿を幾度も見た。

美都の採用についても、従業員たちに紹介する際に「あの春原五郎太さんのお孫さんだ」と暴《ばく》露《ろ》から始めてコネであることを隠そうともしなかった。

隠し事というのは、内容が分からずただ「隠されている」という空気だけが漏《も》れだすため、妙な噂を生むのだというのが神居の持論らしい。美都が五郎太の孫というのは単なるきっかけだから隠すようなことではない、という神居の姿勢は、「伝説の蜂蜜採取人の話を聞かせてくれ」という先輩たちの明るい好奇心となって美都に向けられ、美都は早々に彼らに受け入れられた。

そういった采配も含めて、神居を人たらしと呼ばずしてなんと呼ぼう。

「そんなふうに言ってもらえると、私の方こそ気持ちが高まってしまうよ。――今夜、食事でもどうかな？」

握られたままだった手にぎゅっと力が籠《こ》められて、なぜか神居が真顔になる。近くなった距離に、胸が騒いだ。

「えっと、いろいろと気にかけてくださってありがとうございます。でも、菅井さんたちにも本当によくしていただいてるし、大丈夫です」

「……手強《てごわ》いな」

「手強い……ですか？」

どういう意味だろう。首を傾げた美都に、神居は「なんでもない」と首を振り、「蜂蜜でもどうだい？」と誘ってくれる。蜂蜜の知識を身につけるには、とにかく試食が一番らしい。

「ありがとうございます。でも今日は、菅井さんにバックヤードで練習させていただけたので」

そう言うと、神居はやけに肩を落として「……そうか」と呟いた。こんな顔は初めて見た。可愛いと言ったら失礼だろうか。十歳も年上で、背も美都よりずっと高くて、熊と間違えてしまったほどがっちりとした男性なのに……でも、可愛い。

（……もしかして社長、目の前で誰かが蜂蜜を舐める姿を見るのが本当に好きなのかな……？）

秋日が言っていた「こぐまのぺろぺろフェチ」という言葉を思い出す。

そういえば神居がバックヤードに姿を現すのは、たいてい談話室のハニーカウンターのところだ。

メドヴェーチでは従業員全員に全種類の蜂蜜を試食する義務があり、バックヤードに専用のハニーカウンターが設置されている。什器《じゅうき》はすべて接客用と同じもので、そこでハニーディスペンサーの扱い方などを練習できるようにもなっている。

美都は時間があれば自主的に試食をして、蜂蜜のことを体系的に理解しようと努《つと》めている。

蜂蜜は最初に教えてもらった百花蜜と単花蜜の違いから始まり、非加熱と加熱、純粋と加工という大きな区分、そして果物、草花、ハーブ、樹木、甘露蜜《かんろみつ》など、さまざまな系統に分けられて、さらにその下にありとあらゆる種類の単花蜜が存在している。産地や季節によっても特徴が違い、覚えることは山積みだ。

ハニーカウンターで自主学習していると、休憩にやってきた先輩案内人たちが即席蜂蜜講座を開いてくれたり、アドバイスをくれたりする。美都の教育係は菅井なのに、菅井に失礼にあたらないかと心配したが、それが伝統なのだと聞いて安心した。むしろ美都が誰かの指導を受けているところを菅井が見つけると、自分も一緒に受けようと駆けつけてくる。

案内人たちは誰もが学ぶことに貪欲《どんよく》で、互いの知識に敬意を払っている。教え合い、議論し合い、助け合う。そして得たものすべてを客に提供しようと日々努力をしている。そんな姿勢がびしびしと伝わってきて、彼らを知れば知るほど自分もこんなふうになりたいと美都は思った。何も知らずず憧れていた一ヶ月前よりも、少しだけでも知識を得たからこそ分かる先輩たちの凄《すご》さがあった。

「分かった。今日のところは我慢しよう。後ろで秋日も睨《にら》んでいることだし」

との言葉に振り返ると、秋日が観葉植物の陰に半身だけ隠れた状態で「睨んだりしませんよ〜。イエローカードのタイミングを見測らってただけです〜」といつもの間延びした口調で告げた。

秋日の口からはよくイエローカードという言葉が出る。神居には通じているようだが、一体どういう意味だろう。スポーツではイエローカードといえば警告になるが、思い返しても神居が何かを警告されるような状況はなかったはずだ。

「意気消沈《しょうちん》な社長に朗報です。美都さんの制服が出来上がりました」

「そうか！」

パッと表情を輝かせた神居は美都に向き直り、「着方を説明しよう」と請け負ってくれる。

案内人の制服といえばタキシードだ。採用が決まってすぐに採寸していたが、オートクチュールということで仕上がりに時間がかかったそうだ。

その贅沢さに気づいたのは、神居に手取り足取り身につけ方を教わりながら袖を通した後だった。きっちりきっちり着込んでいったはずなのに、最後にタイを着けてきちんと立つと、まるで何も着ていないかのような軽さなのだ。

「すごい……！　肌に吸い付くみたい……」

「羨《うらや》ましい」

「え？」

「いや、タイが少し曲がっている。フロアに出る時は、常に鏡でチェックするように」

大きな手が、美都の喉元に伸びてくる。きゅきゅっと位置を直してくれただけだが、やけにドキドキした。神居の視線が自分の目をまっすぐに捉《とら》えていないのをいいことに、こんなに至近距離で初めてまともに観察してしまえたせいだろうか。かっこいい、と思った。知っていたけれど、改めて。

「美都くん？」

視線が絡む。我に返って、美都は誤魔化《ごまか》すようにお辞儀をした。

「ありがとうございます。あの、何度か着る練習をしたいので、このまま更衣室に戻ってもいいでしょうか？」

ふたりきりの社長室にいることが、なぜか息苦しく感じられた。

「練習ならここで……」

「いえ、お忙しいのに、これ以上は甘えられません。ありがとうございました」

ほとんど逃げるようにして社長室を後にすると、廊下ですれ違う従業員たちから「おっ、制服できたのか。似合ってるな」「顔が赤いぞー、照れるなよ」と声をかけられてしまった。

そんなに赤いだろうか。なんだか頰が火照《ほて》っている気はしていたが。これは初めてのタキシードに照れているからだったのかと、遅ればせながら自覚する。

「……先輩たちみたいに、かっこよく着こなせるようになりたいです」

思わず本音が零れると、彼らは一斉に相好《そうごう》を崩した。

「春原くん、社長といい勝負だわ」

「え？」

「方向性が違うけどな」

「案内人向きだよな」

なんだかよく分からないが、彼らの間では通じているらしい。もっと勉強しなければと思った。こんなに察しが悪くては、客のニーズを読み取ることなどできないだろう。

「ご指導、ご鞭撻《べんたつ》のほど、よろしくお願いします」と頭を下げると、笑いながら「お辞儀の角度！」「手の位置」と指導が始まり、即席マナー講座が始まった。先輩たちはにこにこと楽しそうに指導してくれる。美都にはそれが何よりもありがたかった。手を煩わせてしまっているけれど、迷惑ではないようだと感じられて。

更衣室に戻って何度かタキシードの脱ぎ着の練習をしていると、シフトを終えた菅井がやってきて、「春原くんは本当に、いつも全力投球だね」と目を細めて笑う。そして「明日から勤務時間中は何をする時も制服着てやってみようか。たぶん各段に身のこなしがよくなるよ」と提案してくれた。

菅井の言葉は本当だった。

翌日からタキシード姿で過ごしていると、まるで自分が自分でないような感覚で美しく動ける瞬間が出てくるようになった。

「制服ってすごいですね……！」

と美都が感動すると、菅井はおかしそうに笑いながら、

「基礎が身についたからだよ。制服は確かに気を引き締めてくれるし自然と動作を助けてくれるけど、魔法の衣《ころも》じゃないからね。基本ができてないと、逆に『着せられてる』感が半端なくて見苦しい。そういうものだよ。春原くんはよく似合ってる」

と、もったいないくらいの賛辞をくれた。

神居だけではない。先輩たちもまた、立派な人たらしだった。

どうしてこんなに素晴らしい人たちばかりなのだろう……と不思議に思いながら日々を過ごしていたところ、美都はある光景を目撃した。先輩たちが、激《はげ》しく口論していたのだ。

ふたりとも案内人で、年齢はかなり離れている。にも関《かか》わらず年下の方はまったく遠慮がなくて、大丈夫なのだろうか……と不安になった。しかし年下の方がふと「あ、そうか」と呟いて、「この件、しばらく考えてもいいですか？」と言ったと思うと、ころっと彼らの表情は穏やかになり、並んで昼食を食べ始めた。談笑しながら。口論していたのでは……と、美都は戸惑った。

終業後に更衣室でその件について菅井に尋ねると、

「ああ、社長のおかげだよ。年齢や肩書きで上下を作らない、全従業員が対等であってこそお客様に最高のサービスを提供できる、って考えを徹底してるから。意見交換はあくまで意見交換。少しくらい考えが合わなくても、お互いに尊敬してる部分があるから意見交換が終われば元通り」

と、なんでもないことのようにさらりと教えてくれた。

しかしそれはものすごく難しいことではないだろうか。

美都はあまり人と口論するタイプではないが、ゼミの発表などで意見が対立すると多少なりともぎこちなくなってしまう。もちろんそのうち元には戻るが、数日は必要になる。

「俺は入社してまだ四年目だからはじめからこの雰囲気だけど、社長が就任した時にかなり大改造があったらしいよ」

「大改造……人事異動とかですか？」

「それも含めて。まず全社員の個別面接をして、社長はある質問をしていった。『あなたより優れている社内の人の名前を、すべて教えてください』。春原くんならなんて答える？」

「えっ、……そんなの、答えきれなくないですか？　だって人って、みんないいところも悪いところもあって、自分より優れてる人っていったら……全員って答えになりますよね？　みんなどこか自分より優れてるんですから」

考えながらそう答えたら、菅井は「おっ」と瞳を輝かせた。

「じゃあたとえば、ものすごく意地の悪い、嫌味ばっかり言う同僚がいたとしたら？」

「あー……大学のゼミ仲間にいますけど、言語力がすごいなぁっていつも感心してます。僕はちょっと捻《ひね》った表現の理解が遅くて、言われてもすぐに嫌味だと気づけないので、そんな言葉を瞬時に考えつける能力が羨ましいです。それから言われてすぐ『嫌味かよ』って怒れる友人も、頭の回転が速いなぁって尊敬してます」

そう答えたら、噴き出された。しかも菅井だけでなく、少し離れた場所で聞いていたらしい他の案内人にまで大笑いされてしまった。変なことを言っただろうかと頬が熱くなる。

「いや、ごめん、馬鹿にしたわけじゃないからな？　春原くんのそういうとこ、すごくいいと思う。それにたぶんそれ当時の面接で答えてたら、管理職候補になってたと思う」

そんなまさか。冗談かと思ったが。

「社長はその面接で、自分より優れた人をより具体的により大人数答えた人を、管理職の第一条件にしたんだ。もちろん他にも考慮したらしいけど、とにかくその後の人事異動でものすごい入れ替わりがあった。昨日までの平社員が課長になって、係長が部長になって、部長だった人がサクッと管理職外されたりとか、ザラ」

「ええっ。どうしてあんな質問で、そんなことを⁉」

会社が大混乱になっただろうことは想像に難《かた》くない。

「管理職に求められる一番大事な能力は『他人を認められること』だからだって。これは俺も入社してから社長に直接聞かされた。年齢とか肩書きとかで上下を作らない、全員が対等、って考えられる人こそが、他人を正しく采配できると考えてるって」

「そうそう、俺は当時本社の総務にいたけど、大変だったんだぜ」

と話に加わってきたのは、入社八年目、案内人歴五年目の先輩社員。

「補足すると、管理職外された人には事前通告があって、平社員として会社に残るか、肩書き付きの状態で転職するかを選択できた。転職先は社長の紹介で、退職金もどっさり出たって」

「そうだったんですか？　それは俺も初めて聞きました」

近くにいた他の数名の社員たちも、わらわらと寄ってきた。

「おおっぴらには表に出さなかったからなぁ。社長いわく、今後の会社の方針と合わないだけで、能力自体はあるからだって。実際、好待遇で他社に移った上に、在籍時同様に三十グラム瓶は定価の一割の値段で買えるって特権付きだから、今では常連客になってる人がほとんど」

円満退社にもほどがある。そんなことが現実に有り得るのだろうか。

「その時、退職しなかった元管理職っていらっしゃるんですか?」

「ああ。今の営業本部長」

「本部長?」

「一旦《いったん》部長から平社員に降格になったけど、その後三年で、係長、課長、部長に順当に昇進して、新設された本部長に収まった」

「すごいですね」

普通はプライドなどが邪魔して、残る道を選べないと思う。

「すごいよな、ほんと。今はみんなに尊敬されてる。昔は少しでも反対意見を言ったら怒鳴りつけられて罵倒《ばとう》されるからって、部下は委縮しまくってたんだけどな。人って変わろうと決心したら変われるんだなーって感動する」

そんなエピソードが次から次へと飛び出してきて、そのすべてが想像を超えていた。あまりの大混乱に、辞めていった人も多くいたという。残された人は仕事が増えて大変だったのではないかと心配したら。

「大規模改革があった月の給料明細見たら、三割アップしててさ」

「ボーナスですか?」

「いや、基本給が。全社員一律、三割アップさせるって、振り込みがあってから発表された」

「三割!? 三パーセントじゃなくて?」

「じゃなくて。三十パーセント。労働に報いる充分な給与と福利厚生を整えるのが社長の仕事だと考えるから、って。その理念だと今までの三割増しくらいが妥当だからって、ポンと。もう社内がひっくり返るほどの熱狂と大絶賛よ。それまで会社が変わっていくことに不安ばっかりだった奴らも、この社長が変えてくれるって希望に変わった。だからしんどい時期も乗り切れたんだろうなーって思う。社長ってほんとすごいわ」

「人心掌握《じんしんしょうあく》の天才ですよね」

「しかもそれ、本人は無意識でさらーっとやってくれてる感じあるもんな」

「あるある。だから、うわー心摑まれたーって自分でも分かるけど、それが心地よかったり」

先輩たちが口々に社長を絶賛する。

神居の顔が脳裏《のうり》に浮かんできて、そんなにすごい人だったんだ……とじわじわ思った。

美都も神居と接する中で、尊敬する部分をもう数えきれないくらい見つけているけれど、こんなに誰からも愛される社長だということを改めて知った。

「まあ一般的には、給料を一律で上げても会社の発展には繋がらないらしいんだけどな～」

「え、そうなんですか？　やる気になりそうなのに……」

「上がった！　って興奮は一時的なものだろ？　人間ってのはすぐそれに慣れちまうの。慣れたらそれを理由にがんばろうなんて気持ちにはならない。その点、社長の場合はあらゆる改革のうちの一つとして取り入れたから成功したんだと思う」

すごいなぁ、すごいよなぁ、としみじみ言い合っている先輩たちを、そんなにすごいのかぁと眺めていると、「あー、でも……」と一人が思案気に口を開いた。

「役員にちょっとした困ったちゃんはいますよね」

「親族経営の難しいとこだよなぁ。でも不思議なことに、大改革の時ってなんでか役員から反対一つ出なかったんだよなー」

「ですよね。普通は古参《こさん》役員が反発して内部分裂とかしそうなのに、むしろ全力でバックアップっていうか、下手したら媚《こ》びてるくらいの勢いでしたよね」

「そういえば当時、理由聞かれた役員が『尊琉さんは神居家の正当な当主だから』って言って回ってたらしい」

(正当な当主?)

なんだか大仰《おおぎょう》な表現だ。

「正当な当主か。やべぇ、マジでかっこいいな。俺、社長にだったら抱かれてもいい」

不意に飛び出したそんな台詞《せりふ》に、ぎょっとした。しかし他の先輩たちは一斉に噴き出す。

「願い下げだわ!」「でもきっと社長は『きみはとても魅力的だが、私には心に決めた人がいる』とか傷つけないように願い下げてくれるんだろうな」「結局願い下げかよ!」と盛り上がるのを聞いて、なんだ冗談だったのか……と詰めていた息を吐いた。

あまりこういう軽妙なやり取りには慣れていない。けれどテンポよく交わされる会話は、聞いているだけで楽しかった。

トントンと更衣室のドアがノックされた。誰か着替えに来たのだろうと「はーい」と返事をすると、顔を覗かせたのは噂の神居だった。

「なんだ？　楽しそうだな」

「社長！　ちょうど今、社長がかっこいいって話で盛り上がってたんですよ」

「それはそれは。かっこいいきみたちにそう言ってもらえると自信を持ってしまうな」

するっと輪に入ってきて少し雑談してから、ナチュラルに美都の方を向いた。

「ところで美都くん、少し相談したいことがあるんだが、この後時間は？」

「え、大丈夫ですが……」

相談ってなんだろう。きっと美都だけでなく、みんな思っているはず。すると神居はさらりと続けた。

「五郎太さんの命日がもうすぐだろう？　いつもお供《そな》えを郵送させていただいてるが、今年はきみがいるから」

「あ。ええと……」

美都が帰省する際に、預かるということだろうか。

美都が五郎太の孫だということはもうみんな知っているが、実家と距離を置いていることはここでは話しにくい。

「すまないが社長室の方で相談させてくれるか？」

それは助かる。

手早く帰り支度を整え、先輩社員たちに挨拶をしてから神居について社長室へと向かった。

こんなふうにふたりになるのは、タキシードの着方を教えてもらって以来、一週間ぶりだ。なんだかとても久しぶりのような気がした。

「心配はしていなかったが、みんなとうまくやっているようだな」

廊下を歩きながら顔を盗み見していたら、端整な笑みを向けられてしまった。ドキッとして、ことさら笑顔を作る。

「先輩たちには、本当によくしていただいています。菅井さんには特に感謝してます」

「……菅井くんが子煩悩《こぼんのう》パパでよかったよ」

「え？」

「いや、これは全従業員に言っていることだが、何か意見がある時はいつでも私や直属の上司に話してくれ。従業員が安心して働ける場所を作ることが我々幹部の仕事だから」

実際に神居の口から聞かされると改めてすごいと思った。

美都は他の会社を知らないが、こんなに恵まれた職場はそうそうないことくらいは分かる。

本当に素晴らしい人だ。

けれど……なんとなく違和感を覚えるのはなぜだろう。

完璧で、完璧すぎて――。

（……いや、ちょっと待てよ。この人『こぐまのぺろぺろフェチ』じゃなかったっけ？）

唐突に思い出し、クスッとしてしまった。あの時は混乱していたせいであまり深く考えなかったが、なかなかマニアックな趣味だと思う。

（菅井さんたちは知ってるのかな……？）

秋日には「ここだけの話」と言われたし、そんなことを言われるまでもなく美都は誰にも話していないが、他の人は知らなければいいなとなんとなく思った。

エレベーターで最上階まで上がり、一週間ぶりの社長室に通される。

「さあ、どうぞ」

「失礼しま……ぎゃあぁっ！」

しまった。我に返った時には遅かった。

なぜか社長室の中に等身大クマ執事がいて、自制する間もなく叫んでしまった。慌てて口を押さえるが、もう遅い。

どうしてこんなところにクマ執事がいるのか。この前はいなかったのに。

（どうしよう……なんて誤魔化せば……）

ちろり、と上目遣いで見上げると、神居は驚いたように目を瞬かせていた。

「美都くん、もしかしてクマ執事が苦手なのか？」

バレていた。誤魔化せるわけがなかった。

美都は神居に向き直り、潔《いさぎよ》く頭を下げる。

「申し訳ありません！　一刻も早く、慣れますので……！」

「ああ、いや、叱ったわけではない。とりあえず中に……はクマゴロウがいるから、別の部屋へ」

「……クマゴロウ？」

「違う、言い間違えた。クマ執事」

そんな言い間違えがあるだろうか。じーっと見つめていると、神居は苦笑いを浮かべた。

「分かった。降参《こうさん》だ。私は彼を、親しみを込めてクマゴロウと呼んでいる。だがみんなには内緒な？　クマ執事の沽券《こけん》に関わる」

――まるでクマ執事も従業員であるかのような言い方に、少しおかしくなった。

「もしかして、正面玄関のクマ執事にも名前をつけてらっしゃいますか？」

「クマジロウだ」

噴き出してしまった。予想通りで、安直すぎて。秋分の日に生まれた甥っ子を秋日と名付けたセンスは健在らしい。

「顔色が戻ったな。よかった」

そう言った神居のまなざしがやけに優しくて、ドキッとした。慈《いつく》しまれているような気になるなんて、自意識過剰にもほどがある。

「驚かせるつもりはなかった。すまない。彼はメンテナンスでしばらく席を外していたが、先代の時からのこの部屋の住人なのだ。会議室に行こう」

「あ、いえ、大丈夫です。大声を上げたりしてすみませんでした。クマ執事には本当に早く慣れたいと思っているので、ご迷惑でなければこのままこちらで……」

凝視される。眉根が寄っているのは、きっと心配してくれているから。

こういう人なんだな……と、少しずつ分かってきた。分かれることがなぜか嬉しい。

「無理はしなくていい。人には誰でも苦手なものがある」

「ありがとうございます。過剰に怖がってしまう原因は分かっているので、いかにそれを克服《こくふく》するかというところだけなんです。実は子どもの頃、山で熊に襲われたことがあって……」

「襲われた!?」

よほど驚愕《きょうがく》したのか、ぎょっと目を剝《む》かれた。あまりの反応に、なんだか楽しくなってくる。

「しかも二回」

「二回!?」

復唱して、愕然《がくぜん》とした表情で沈黙する。ここまで驚いてくれるとは。

「あ、でももちろん、二回とも無事でした。それにその二回以外、熊に遭遇《そうぐう》したことはないし」

「………その二回は、間違いなく、襲われたのか?」

「え?」

真剣なまなざしで見つめられた。なぜそんなことを訊《き》かれるのだろう。

「……差し支《つか》えなければ、その時の状況を話してくれないか？　もしかしたら克服の手助けが何かできるかもしれない」

落ち着いて話そうと、室内の応接ソファに移動する。その間にも神居は自分の体でクマ執事を美都の視界から遮《さえぎ》ってくれた。

初対面の時はこの体格差が彼を恐れさせたが、今は頼もしい。

「美都くんはそちらのソファに……いや、待てよ。背後にいる方が怖いか？　向かい合う形になってしまうが動向を窺《うかが》えるこちらのソファがいいか？　もちろん彼は動かないが、心理的に」

真剣に考えてくれていることが伝わってきて、胸の中がほっこりした。大事なマスコットキャラクターが怖いなんて、本来なら叱られても仕方がないくらいなのに。

(社長って本当に優しいなぁ……。なんでこんなに優しいんだろ)

『こぐまぺろぺろフェチ』だけど。胸中《きょうちゅう》でそう続けたら、頬が緩んだ。

完璧にかっこいいと多くの人から慕われている彼の秘密を、共有させてもらっているような感じがしてくすぐったい。もちろん美都が勝手にそう思っているだけだが。

「お心遣いありがとうございます。じゃあ……本当に早く慣れたいと思ってるので、見える方で」

心配そうにしながらも、美都の希望通りのソファを勧めてくれた。

腰を下ろすと、向かい合わせに座った神居の背後にクマ執事が聳《そび》え立っている。ちょっと怖い。

しかし美都の恐怖心がそう感じさせるだけで、実際にはそこそこの距離があった。そしてクマ執事の後方にドアを見つける。さっきはまったく気づかなかったが、隣にも部屋があるらしい。

「無理だと思ったらすぐに言ってくれ。それで、熊に襲われたという件だが……」

「はい。一度目は五歳の時だったんですが——山の樹にできていた巣から蜂蜜を採ろうとしたら、熊に横取りされたんです」

不可解な表情をされる。説明を省《はぶ》きすぎただろうか。

「ええと、僕の実家がどんなところかはご存知《ぞんじ》ですか?」

「もちろん。……伺ったことがある。三度」

「え、そうだったんですか⁉」

祖父の墓参りに来てくれたのだろうか。亡くなった時は、祖父の遺言で家族だけで静かに見送ったため弔問客《ちょうもんきゃく》はなかった。

「それは失礼しました。僕、高校から全寮制で家を出ちゃってたので……お会いしたかったです」

「ああ、いや……まあ」

歯切れが悪い。どうしたのだろう。

疑問に思ってから、ふと気づいた。そういえば自分たちは、昔会ったことがあったのでは。両親に聞いておいた方がいいだろうと思いながらも、まだ確かめられていない。

もしかして神居が実家に来てくれた時に、美都は会っていたのだろうか。

確かめたい衝動に駆られたが、そうすると覚えていないと白状してしまうことになる。

「えっと、ご存知の通り、本当に山の中にポツンと建つ一軒家で……あの頃、僕は祖父の真似をして蜂蜜を探して歩いてたんです。生まれたばかりの弟の世話で大変そうだった母に食べさせてあげたくて」

正確には義母だが。

両親は再婚で、父が婿養子に入ったため、義母方の祖父である五郎太とも同じ苗字《みょうじ》なのだ。

神居は知っているのだろうか。

美都は父の連れ子で、再婚後に弟が二人と妹が一人生まれた。

家族仲はよかった。もちろん今でも。けれど自分は、あの家族の中に我が物顔でいてはいけないと弁《わきま》えている。

なぜなら春原家を継ぐのは本当の長男である弟の晴人《はると》だから。

春原家は周辺の山々を持つ大地主で、先祖から受け継いできたそれらの土地を長男がすべて受け継いで守っていくというしきたりがある。だから父が義母と結婚する際の最大の障害は、連れ子の美都が男だということだった。

親戚たちは猛反対した。父は美都に土地を継がせるつもりなどまったくなかったが、義母が男の子を授《さず》かる保証がなかったし、将来、美都がどんな人間に育つか分からなかったからだろう。土地を我が物にしようと悪巧みをするかもしれないと、彼らは警戒した。

幼い美都は大人たちのそんな事情は知らなかったが、自分が歓迎されていないことは感じていた。義母は我が子のように可愛がってくれたし、祖父も蜂蜜採りに美都を連れ回すことで親戚たちに家族であることをアピールしてくれたが、美都はとにかく親戚たちの目に留《と》まらないように身を潜《ひそ》めることを覚えた。

弟たちが生まれてからは尚更だ。

美都は義母が大好きで、弟妹たちが大好きで、家族が本当に本当に大好きだから。何物にも代えがたい宝物だと思っているから、絶対に守りたい。完璧な形で幸福であってほしい。そのためには自分が、少し距離を置く必要があった。

小学校の終わりの年に祖父が他界してからはさらに、その気持ちが強くなった。

家族と適切な距離を置きたい。少し離れた場所から、大好きな家族が幸せである姿を見つめていたい。それはジオラマの、明かりの灯《とも》った暖かな家を、窓の外からそっと覗いていたいような感覚と似ていた。入っていけなくていい。絶対に守りたい。

そんな願いを天が受け入れてくれたのか、美都は成績優秀者として東京の全寮制高校の学費免除生として進学することができた。整った環境で勉強したいと熱弁した美都を、無理に引き留めるような両親ではなかった。いつだって子どもの意思を尊重してくれる。

それからは弟妹とは頻繁《ひんぱん》に連絡を取っているが、帰省は年に一度、なんでもない日にと決めている。盆や正月という親戚が訪れる時は特に、自分などはじめからいなかったかのように、長男は晴人だと誰が説明するまでもなく彼らが感じられるように、美都は遠ざかり続けた。表向きには学校主催の勉強合宿に参加するとか、大学生になってからはバイトとかを理由にしている。

義母からは月に一度のペースで、家の畑で育てた野菜が段ボール箱いっぱいに送られてくる。それが届いた時だけ、お礼という名目で実家には電話していた。

「お母さんに自分が採った蜂蜜を食べさせてあげたいなんて、美都くんはお母さん想いだな」

何も知らない神居なら、きっとそんなふうに優しい評価を下してくれると思った。

分かっていた自分があざとく思える。

「しかし、その……蜂蜜を熊に横取りされたというのは、確かなことなのかい？」

なぜそんなことを訊かれるのだろう。

「はい。厳密に言うと僕はまだ巣に触れていなかったので、熊にしてみればあれは横取りじゃなくて早い者勝ちだ、って感じかもしれませんが」

「いや、そういうことでは。……そうだ。その巣は、どんな形状だった？」

「形状？　……うーん、その後の熊のインパクトが凄《すさ》まじくて、よく覚えてません。すみません」

「……そうか」

なぜか残念そうにされてしまった。

「はっきり覚えてるのは、もうすぐで巣に手が届きそうだったことと、いきなり現れた熊に襲い掛かられて体当たりされたこと、そのはずみで僕は飛ばされて熊から離れられたから助かったことでしょうか」

「熊はその後どうなった？」

「その後……ええと、確か、やたらと手を振り回して暴れ回ってたような……」

記憶を覗き込むように集中してみると、その恐怖の情景が思い出されてぞわっと背筋が凍った。

「あ、そうだ。暴れ回ってたと思ったら、いきなり倒れました。それで僕はなんとか逃げられたんだと思います。ちょっとその辺は曖昧《あいまい》なんですが……」

「……そうか」

「ただ、あの体当たりされた時の、もふっとした感触は忘れられません。今でも思い出すと恐怖で鳥肌が立ちます」

「………そうか」

神居の表情が明らかに暗い。一体どうしたというのだろう。

（……あっ、もしかして、克服は難しそうだと思われちゃった!?）

それは困る。ここで話を切り上げてしまいたいが、先に二回襲われたと言ってしまっているのでそうはいかない。

少々強引だが、次の話に進むことにした。

「二回目は七歳の時でした。祖父の蜂蜜を運ぶ手伝いで山道を歩いていたら、突然茂《しげ》みから熊が現れて、体当たりされて」

「……体当たり。……それは確かに体当たりだったか？　その前の記憶は？　よく思い出してごらん」

「え？　……体当たりは襲われたとは言わないということですか？」

微妙な表情。どうしたのだろう。さっきからずっと様子がおかしい。

「あ、でも後で分かったことなんですが、実はその山道の一部が崩れてたみたいで。もしもあの時熊に体当たりされてなかったら、足を踏み外して崖から落ちてた可能性があったそうです。そういう意味では、熊に助けられました」

「そうか！」

急に嬉しそうになった神居に、美都はハッとした。

もしかして彼は、美都が熊を怖がっていることに心を痛めていたのではないか。

神居は熊をシンボルとしたメドヴェーチの社長なのだから。

だからこそ美都の恐怖の克服に力を貸してくれようとしているのかもしれない。純粋に、この世から一人でも熊を恐れる人間を減らしたくて。

「その時の熊はどうだった？　転んで蜂蜜まみれになったきみに、襲い掛かったりしなかったのではないか？」

「ええと……確かにそうですね。しばらく仁王立ちで狙いを定められてたんですけど、早く逃げなきゃって必死に蜂蜜を舐め取ってたら突然ぐるっと背を向けて走り去っていきました。……あれ、なんでだったんだろ。猟銃を持った誰かが駆けつけてくれたんだったかな……？」

その辺《あた》りの記憶は混乱している。

「あれ？　というか、蜂蜜まみれになったたって僕言いましたっけ？」

「……蜂蜜を運ぶ手伝いをしていたと聞いたからな」

なるほど、状況判断か。

「狙いを定められていたと言ったが、それなら悠長《ゆうちょう》に蜂蜜を舐めている暇はなかったのではないか？　何か記憶違いがあるのでは？」

「……それ、後で祖父にも叱られたんですが、優先順位を間違えてしまってたみたいなんです。七歳だった僕にとって祖父の蜂蜜はこの世で一番大切な食べ物で、零してしまうなんてありえないことで……早く手や体から滴《したた》ってる蜂蜜を舐めなきゃ、って。早く舐めて、それから逃げなきゃ、ってそれしか考えてませんでした」

そう言うと、なぜか神居は眉間を押さえて俯いてしまった。

「なるほど……だからあれほど懸命にぺろぺろと……」

「あれほど？」

しばし沈黙が落ちる。それから顔を上げた神居は、絵に描いたような隙のない微笑みを浮かべていた。

「美都くんの素晴らしい舐め方は、五郎太さんの蜂蜜への愛が育《はぐく》んだのだと、胸が熱くなってね」

熱くなるのは美都の頬だ。やはり神居は『ぺろぺろフェチ』らしい。

「しかし熊から逃げるより先に蜂蜜のことを考えるほどだとは……その蜂蜜愛は、確かに案内人が天職かもしれないいな」

クックッと喉の奥で笑う神居に、なんだかからかわれているような気がして、ちょっと拗《す》ねたくなってしまった。

「さすがに今は先に逃げますよ。あの時蜂蜜まみれになったのって手と胸の辺りだったから、こう……」

胸の前で両腕を交差し、背を反らせる。

「この姿勢だったらほとんど落とさずに走れると思いますし」

真面目に答えたら声を上げて笑われた。弾けるような笑顔にドキッとする。

なぜか目が離せない。そしてわけもなく嬉しくなる。まるで自分だけが特別に、神居は『こぐまのぺろぺろフェチ』だと教えてもらえた時のような高揚《こうよう》感。

（いや、自分だけっていうか……真相は分からないけど。秋日さんだってもちろん知ってるし）

そういえば秋日の姿が見当たらないが、秘書といってもいつも付き従っているわけではないのだろうか。

「美都くんは本当に五郎太さんの蜂蜜が好きなんだな。改めて実感したよ」

「はい、大好きです」

蜂蜜のおかげで、美都は祖父とあんなに近くなれた。血の繫がらない美都を、蜂蜜が家族と繫いでくれた。

「話はよく分かった。今一度確認したいが、きみは本気で熊恐怖症を克服したいと考えているんだな？」

「はい。だって熊も、本当は仲間ですから」

「……仲間？」

「蜂蜜を愛する仲間です。そうでしょう？」

神居は驚いたように目を瞠り、無言で美都を凝視してくる。

変なことを言っただろうか。

「あの、僕も本当はちゃんと分かってるんです。熊に襲われたことがあるからって、すべての熊が危険なわけじゃないってこと。ただ僕の中にある恐怖心が、ちょっとした拍子に刺激されてしまうだけで」

「……熊は日常的に接しなければいけない動物ではない。避けて過ごすこともできるぞ？」

「っ！　それって就職はなかったことにという意味ですか……!?」

ザッと血の気が引いた。しかし神居は苦笑しつつ、ひどく優しいまなざしを向けてくれる。

鼓動が跳ねた。今日は心臓がおかしい。神居の態度も今までと違った。みんなが憧れる完璧な社長というよりも、昔からの知り合いのように親しみを感じる。

「きみはもっと、自分に自信を持つべきだ」

「……えっと……？」

「私が言いたかったのは、熊恐怖症だと同僚に事情を話してフォローを頼むこともできるということだ。玄関前のクマ執事の身支度を整えるのは本来ローテーションだが、免除してもらうとか」

「そんなご迷惑は……」

「やりたくないから免除を求めるなら迷惑だろうが、事情があってできないことをフォローしてもらうのは助け合いだ。本店の従業員なら誰でもそう答える」

そうかもしれない。自然と助け合う姿が想像できる。

美都は改めて考えてみた。正直なところ、熊は本当に怖い。この世でもっとも恐ろしい生き物だと感じている。神居が提案してくれた通り、極力《きょくりょく》避けて過ごすことはできるだろう。ならばその言葉に甘えるか……。

「——やっぱり、克服したいです。蜂蜜が好きで、メドヴェーチが好きだから、熊のこともいつか好きになりたい」

きっぱり言い切ると、神居が目を眇《すが》めた。眩《まぶ》しいものでも見るように。

「分かった。ならば私も全力で応援しよう。そこで一つ提案だが……熊と遭遇したシーンを再現して、記憶を上書きするというのはどうだろう？」

「上書き、ですか？」

そんな、電子機器じゃあるまいし。

「これはトラウマ治療に実際に使われている手法だそうだ」

神居が言うには、たとえば子どもの頃に犬に咬《か》まれて犬恐怖症になってしまった人に脳内でその時のシーンを再現してもらい、『咬まれはしたけど、実は甘噛みで全然痛くなかった』と偽《にせ》の記憶を繰り返し口に出してもらう。するといつしか『咬まれて痛かった』という本来の記憶が曖昧になり、犬への恐怖心が和《やわ》らぐのだという。

「本格的にトラウマ治療するなら専門家を紹介するが、美都くんは自分でどう思う？」

「そこまで深刻ではないと思うので、社長のおっしゃる通り、記憶の上書きに挑戦してみます」

今日から毎日、寝る前にイメージ再生しようと決意したのだが。

「よし、ではまず一度やってみようか」

と神居がソファから立ち上がり、蜂蜜棚にまっすぐに向かっていく。

やってみるとは一体？

見守っていると、「再現するならやはりこれだな」と神居が手に取った瓶は、高級蜂蜜ばかりを扱うメドヴェーチにおいても一線を画《かく》している最高級の『琥珀の幻夢』。

「美都くん、こちらへ」

と手招かれた場所は、ぴしりとタキシードを着こなしているクマ執事の前で。

（えっ!?　いやっ、なんで!?）

克服はこれからの課題だと確認し合ったばっかりなのに。そこに立つのはまだご免被《めんこうむ》りたい。

「ああ、すまない。急にこんなに近くは無理だな。距離は少しずつ詰めていくことにしよう」

そう言って神居の方から近づいてくる。美都は困惑しながらも立ち上がった。

神居が傍《かたわ》らに立つ。見上げると、にこっと笑いかけられた。反射的に笑い返すと……。

「さあ、手を出して」

「あ、はい。……って、えええ!?　何やってるんですか!?」

あろうことか神居は、美都の手のひらの上で蜂蜜の瓶を傾けたのだ。蓋《ふた》はもちろん外されている。

「何って、再現だろう?」

とろぉり、琥珀色の液体が滴ってくる。

「えっ、っちょ、待ってください！『琥珀の幻夢』が……！」

蜂蜜を受け止められる皿のようなものはないかと視線を走らせたが、見当たらない。それにあったとしても、もう間に合わない。手のひらで受け止めるしかない。

とろっと着地した蜂蜜の感触。懐かしい。真っ先にそう感じた。日常的に蜂蜜に触れてはいても、手のひらで触れる機会など皆無に等しい。女性なら蜂蜜パックなどするらしいが、美都はもっぱら食べる専門だ。

琥珀色の筋は途切《とぎ》れることなくとろとろと落ちてくる。それは神々《こうごう》しい一本の糸のようで、美しくて、芳《かぐわ》しい香りが漂う。

一瞬見惚れそうになってしまったが、そんな場合ではなかった。

「多いですっ。もういいです！」

「まだまだ。この程度では蜂蜜まみれとは程遠い。……ああ、だが服が汚れてしまうか。隣にシャワールームはあるが、着替えがないな」

「そういう問題じゃないですっ。『琥珀の幻夢』を……この世の宝をこんな無駄にしたら……！」

蒼白《そうはく》になる美都に、「無駄ではない」と凛《りん》とした神居の声が被る。

「蜂蜜を無駄にするなど、ありえない。これは熊恐怖症克服という重要な儀式だ。そのために必要な蜂蜜は無駄などと言わない。それにこれは『琥珀の幻夢』ではない。五郎太さんが採ってこられた蜂蜜だ。そう信じるところから再現は始まる」

「えっ、もしかして再現って、実際にするんですか!?　脳内でイメージするだけじゃ」

「ここに蜂蜜があり、クマゴロウがいるのに？　実際に再現した方が記憶の上書きも起こりやすいだろう」

「そうかもしれないですけどっ。僕なんかのために大事な蜂蜜を……！」

「大事な蜂蜜だからこそ、大切な人に役立てられることが私は嬉しい。蜂蜜も本望だろう。きみなら――全部、大事に舐めてくれるだろう？」

ようやく瓶を起こしてくれる。ホッとした。けれどすでに両手の中にはたっぷりの蜂蜜の泉。ほんの少しでも傾けようものなら、腕に伝ってきてしまう。指も重要だ。水のように染み出したりはしないが、指をぴったりとくっつけていなければ、とろぉ…りと細く滴り始める。

(何この状況!?)

意味が分からない。理解が追いつかない。

こんなことをさせているのが神居でなければ、何かおかしいと一目散《いちもくさん》に逃げていただろう。しかし神居だ。従業員の不利益になることなど一切しないという信頼がある。これは純粋に美都の熊恐怖症を治そうとしてくれているのだ。ありがたい。ありがたいけれど……あまりにもぶっ飛んでいると思うのは自分がおかしいのだろうか。

パニックが極限に達して頭が真っ白になる。回路が焼き切れたような感覚だった。

その時美都が感じたのは——、ただこの手の中にある琥珀の泉の美しさだけ。

「思い出して……きみは今、家の近くの山の中にいる……」

艶やかな声が耳元で囁いた。うっとりするような低い響き。

「おじい様の蜂蜜が手の中に……そう、それは天然の蜂蜜だよ。美味そうだね？　……さあ、舐めてごらん。あの日のように……」

暗示にかけられたみたいに、美都は舌を伸ばしていた。

ぺろ、り。舌先が琥珀の液体を掬《すく》った。

その瞬間、ビリビリッと全身に電流が走り抜けた。

箍《たが》が外れる。もう何も考えられなかった。ぺろぺろ、ぺろぺろぺろぺろ、一心不乱に舌を動かす。

「……ッく！」

隣で呻き声が上がったが、すぐに気にならなくなった。この手の中に祖父の蜂蜜があり、早く舐め取らないと零れてしまう状態であり、美味しくて、蜂蜜で、ぺろぺろで、美味しくて、本当にもう思考が成り立たない。

つぅ……っと手首の方へ蜂蜜が流れてしまった。慌てて舌を這わせる。ぺろぺろ舐め取り、唇で食《は》むようにして吸うと、ちゅぷっと音が鳴った。ちゅぷっ、ちゅぱっ、ぺろぺろぺろぺろ。はしたない水音を立ててしまっているという羞恥心さえこの状況下では仕事をしない。

「美都くん、ちょっとクマゴロウの方を見てみようか。……美都くん？」

ぺろぺろぺろぺろ、ちゅぷっ、ちゅぱっ、ぺろぺろぺろぺろ……。

「……聞こえていないのか？　……ックク、このままでは理性が……」

ちゅぱちゅぱ、ぺろぺろ、ちゅぷっ……。

「美都」

「っ!?」

いきなり、グイッと顔を上向かされた。顎《あご》に誰かの指が絡んでいる。

ぱちんっとシャボン玉が弾けたように、周囲の景色が目に飛び込んできた。そして——。

「うわぁっ！　熊ッ!?」

ズザーッと跳び退ってしまった。タキシード姿の大きな熊が目に入って。叫びながらすぐにあれはクマ執事だと気づいたが、遅かった。美都は蜂蜜まみれの両手を胸に押しつけてソファに座り込んでいた。

「っ、すみません！　ソファが！」

蜂蜜で汚してしまったかと慌てて見回したが、特に被害はないようだ。

「こちらこそすまない。そこまで驚かせるつもりはなかったのだが……服を汚させてしまったな」

胸元のシャツがべとべとになっていた。

「いえ、ほとんど舐め取った後でよかったです。それにタキシードじゃないし」

照れ笑いで誤魔化しながら、ぺろりと再び自分の手を舐めた。やっぱり美味しい。

「……口元も蜂蜜まみれだ」

指摘されて、慌てて拭った。本当に口まわりもべとべとだ。どれだけ夢中だったのかと、恥ずかしくなってくる。

「すみません、はしたなく……。あれ？　社長の手にも、蜂蜜……？」

「ああ、きみの顎から……舐めるか？」

ついっと口の前に指を差し出された。え、と固まる。これはなんだか変ではないだろうか。

自分の指についた蜂蜜は、自分で舐め取るのでは。——いや、待った。その前に神居の指についた蜂蜜は美都の顎から滴ったもののようだ。そんなものを舐めるはずがなかった。そうすると普通は拭き取ることになるのだろうが、そのシーンを想像しただけで胸が痛んだ。大事な『琥珀の幻夢』を拭き取るだなんて！　……きっと美都がそう考えることを、神居もすでに理解してくれているのだろう。となると、残された選択肢はあと一つ。責任を持って美都が舐め取る。

「えっと、じゃあ……失礼します」

ぱくっ。

「っ！」

神居が息を呑んだ。え、こうじゃなかった？　と視線だけ上げて窺えば、なぜか神居の息がフーフーと荒かった。そして眸がギラギラしている。

ギクッとした。この眼は知っている。初対面の日に見た。それから……それから？

「あ……んぶっ」

二本の指が口の奥に入ってくる。

「ほら、舐め取りなさい」

ぞわっと背筋がざわめくような低い声。

神居の指は美都の舌を撫でるように動き、慌てて引っ込めると今度は挟まれた。んぐっと溢れそうになった唾液を必死に呑み込む。何？　何ごと？　と疑問符だけが頭の中をぐるぐる回り、硬直してしまう。

指に絡んだ蜂蜜の味なんて分からなかった。怖いくらいに鼓動が乱れる。

「美都……ぺろぺろしないのか？」

（――――っ！）

心の中で声にならない悲鳴を上げた。その台詞を吐きながら漏らした神居の吐息が、まるでハリウッド映画のクライマックスで女性を口説く俳優のような熱っぽさだったから。

心なしか顔つきも色っぽい。これが男の色香というものか。童貞の美都にはどうがんばっても醸《かも》し出せないセクシーな雰囲気だ。

なんだこれ、なんでこんなことに、と胸中で繰り返しつつ、口の中を探られているとなぜか唾液が溢れてくる。何度も嚥下《えんげ》しているというのに、どういうことだろう。呼吸まで速くなったりして。

（……何、これ。変……ほんとに、変だって……）

このままでは取り返しのつかないことになる。そんな予感に身震いした、その時。

コンコンコン、と高らかに響いたノックの音。神居の返事を待たず、部屋のドアが開かれた。

「失礼しまーす。社長、これから専務がお会いしたいと――って、あらら～、これはとんだ現場に踏み込んでしまいましたか？」

秋日だった。異様な光景であるはずなのに、いつもの調子でほわーんとしゃべる。おかげで我に返れた。

身を捩《よじ》って神居の指から離れ、袖で口を拭うと「ちっ、違うんです！」と叫んだ。

あらぬ誤解をされては大変だ。神居は美都のために協力してくれただけなのに。というかあらぬ誤解とは一体なんだ。自分の思考にツッコミを入れる。

「あのっ、僕がクマ執事に驚いてっ！　昔、熊に襲われたことがあって！　そしたら社長が克服するのを手伝ってくださるって！」

「うーん、よく分からないですけど、とりあえずセクハラではないってことですね？」

「違いますっ！　……ん？　いや、そうです！　合ってます！　違います！」

だんだん分からなくなってきた。

「落ち着きなさい、美都くん」

「いや、社長はもうちょっと慌てましょうよ〜。目撃したのが私じゃなかったら、コンプライアンス案件ですよこれ〜」

「秋日以外の誰が、社長室のドアを勝手に開ける?」

「ちゃんとノックしたでしょ〜?　で、おふたりはどうして蜂蜜プレイ中だったんですか?」

「っ!?　ぷっ、ぷれ……っ!?」

「恋人同士の濡れ場ならとやかく言いたくありませんけど、業務中は勘弁してほしいです〜。特に美都さんはまだ時間給なんですから、いくら福利厚生を充実させたいといっても蜂蜜プレイにお給金を出すのはちょっと……」

なんだかとんでもないことを言われている気がする。

赤くなったり青くなったりを繰り返してあわあわしている美都をよそに、彼らは「退勤のタイムカードならしっかり押していたぞ」「じゃあ問題ありませんね〜」などとのんびりやり取りしているが、問題がないわけがない。

「いえっ、あのっ、ぷ、ぷ、ぷれ…ぃなどではなく!　治療です!」

「お医者さんごっこもプレイの一種だと思いますが〜」

違う、そうじゃない。

羞恥で憤死《ふんし》しそうになっている美都の顔は、きっとこれ以上なく真っ赤に染まっているだろう。

成人した男がこんなことくらいで照れてどうするのかと自分でも思うが、どうにも下ネタにうまく順応できない。

「秋日、いたいけなインターンをいじめないでやってくれ」

「失礼しました。美都さんの反応が初心《うぶ》で嗜虐心《しぎゃくしん》をそそるもので……って、こんな悠長にお話ししてる場合じゃありませんでした～。専務がどうしても社長にお話ししたいことがあるそうで、こちらに向かってるそうです～」

「またか……」

あからさまにうんざりした表情に、この人でも他人に対してこういう態度を取るのかとびっくりした。

人間なのだから、考えてみたら当然なのだけれど。

なんとなく神居は、すべての人に対して平等に、広い心で接しているような気がしていた。

（……そうだよね。気の合わない相手くらいいるよね。神様じゃあるまいし）

「えっと、じゃあ僕は失礼します。今日はありが…」

「待ちなさい、美都くん。その蜂蜜まみれの格好でどうするつもりだ？　奥の部屋にシャワーがある。使っていきなさい」

と彼が示したのは、クマ執事の背後のドア。

「えっ！　いえ、そんなご迷惑は……」

「はてさて、シャワールームを借りるのが迷惑か、はたまた社長室から蜂蜜まみれで出ていく姿を目撃されて禁断の蜂蜜プレイの噂が全社を駆け巡るのが迷惑か……どちらでしょうね～」

うぐっ。固辞《こじ》する言葉が喉に詰まった。

「それに五郎太さんのお供えの件を、まだ相談できていない」

そういえばそのために呼ばれたのだった。

「来なさい。使い方を教える」

美都の返事を待たずに神居はさっさと奥のドアに向かう。まだ躊躇《ちゅうちょ》しているものの、他に選択肢はなさそうだ。

秋日に会釈し、美都も後を追った。しかし進路上にはクマ執事がいる。グッと腹に力を籠めてまっすぐ進もうとしたが、駄目だった。足が勝手に大回りのルートを取ってしまう。

神居がチラリとこちらを振り返り、「ああ、そうか。すまない」と苦笑した。それに対して反応を返す余裕もなく、迂回《うかい》してドアに辿《たど》り着く。

隣の部屋は、予想に反してこぢんまりとしていた。

六畳分くらいだろうか。美都のアパートの部屋とさほど変わらなさそうだ。しかし置かれているのがクマ執事でも余裕で座れそうな革張りの立派な椅子と、巨大な壁掛けテレビ、それにチェスト一つだけなので、狭さは感じない。

そして奥の壁にはさらにふたつのドアがあり、一つがバスルーム、もう一つがトイレだという。

(なんだか秘密の隠れ家みたいだな)

入り口は露出しているのだから秘密も何もないのだが、なぜか男心をくすぐるというか。

(……あ、窓がないんだ)

だからなんとなく秘密めいた匂いがするのかもしれない。子どもの頃に山の洞穴に作った秘密基地に似た空気が漂っている。上品さには雲泥《うんでい》の差があるが。

そんなことを考えているうちに神居はシャワールームへと進んでいた。コンパクトな脱衣所と洗面所、そしてガラス張りのシャワーブース。すべてが機能的で上質。外国映画に出てくる洗練されたホテルみたいだ。

「脱いだシャツはこの籠《かご》へ。タオルはこれ、着替えは……ひとまず私のシャツで悪いが、これを着ておいてくれ」

脱衣所の棚を開けたら、きちんと畳まれたワイシャツが収納されていた。

「いえ、そんな、軽く手洗いしてタオルで水分を取らせてもらったら、充分に着られますので」

「生乾きのシャツで帰って風邪をひいて味覚が鈍ったら、案内人の勉強に支障が出るのではないか？」

「あ！　シャツ、お借りします」

顔を背けた神居が喉でクッと笑う。一瞬にして主張を翻《ひるがえ》した美都がおかしかったのだろうか。

（だって、蜂蜜の繊細な味が分からなくなったら困るし……）

困惑してしまった。けれど再びこちらを見下ろしてきた神居の眸がひどく優しくて、変な意味で笑われたわけではないのだと理解した。

「ソープ類は中にある。自由に使ってくれ。それからシャワーから上がったら、悪いが呼びに来るまでテレビでも観て待っていてほしい。ヘッドセットが繋いである。あとはこれを」

と言ってどこから取り出したのか、魔法のように現れたミネラルウォーターを持たされた。

「水分補給はしっかりと。では、後ほど」

なぜかその台詞とともに美都の唇をきゅっと指で摘《つま》んでから、神居は社長室へと戻っていった。

(……なっ、何、今の……!?)

ひとり残された美都は、ドッと汗をかいた。

(なんで? なんで唇なんか摘んでいくの?)

自分でも思わず摘んでみたら、この指じゃない、と違和感を覚えて心臓が荒々しく脈打った。

二十年以上慣れ親しんできた自分の指より神居の指の方が存在感があるなんて、そんなことがあっていいのか。

それにしても、今日の神居はいつにも増して世話焼きな気がする。

五郎太の孫ということで、当初から気にかけてもらっていたとは思うが、一連の出来事はそういうレベルではなかったと思う。

美都は世話を焼かれるより、自分が誰かの世話をする方が好きだ。歳の離れた弟妹が可愛くて、懐いてくれるのが嬉しくて、率先して面倒を見てきた。誰かに世話を焼かれると居心地が悪いくらいだ。それなのに神居が気にかけてくれることはとても嬉しい。

(なんでだろ……)

閉じたドアを見つめながらぼんやりと考えていたが、そんな場合ではなかった。特に言われたわけではないが、おそらく専務が到着するまでに水を使い終えていた方がいいだろう。万が一水音が届いて奥に人がいると知れたら、不快に思われるかもしれない。

急いでまずは手を洗う。本当は粘性が完全になくなるまで舐め尽くしたいが、断腸《だんちょう》の思いで湯に晒《さら》す。そしてシャツを脱ぎ、蜂蜜のついていない部分を濡らして喉元を拭った。これで蜂蜜はすべて除去し終えた。

（蜂蜜パックはとても肌にいいっていうのに……ごめんなさい）

罪悪感に胸を痛めつつ、シャツを小さく丸める。そして代わりに借りたシャツに袖を通した。

ふわっと香ったムスクのようないい匂いにドキッとする。香水ではない。繊細な蜂蜜を扱うメドヴェーチでは香料の類はご法度《はっと》だ。社長自ら破っているとは思えない。

（なんか……どこかで嗅《か》いだことがあるような……それにしてもおっきいな……）

袖は折り返さなければいけないほど余り、丈もちょっとしたワンピース程度はある。

（噂の『彼シャツ』ってこんな感じなのかな……って、僕がしてどうする。……虚《むな》しい）

ブツブツ呟きながらボタンを留めていると、社長室の方から人が話している気配がした。会話の内容はまったく分からないが、騒々しい雰囲気は伝わってくる。声を荒らげている人がいる。あれが専務だろうか。

なんとなく、チリッと嫌な感じがした。

美都は慌ててヘッドフォンを装着しにテレビの前に行った。目的のものはすぐに見つかったが、コードが見当たらない。きょろきょろと見回していると。

『……すめの、どこが……んだと!?』

くぐもった怒鳴り声が聞こえてきて、ビクッと体が跳ねた。

『あなたのために言っているのがお分かりにならないか！』

これは美都などが聞いていい話ではない。

急いでコードのついていないヘッドフォンを耳に押し当て、それごと手のひらで耳を覆う。

その場にうずくまり、ぎゅっと目も瞑《つむ》って嵐が過ぎるのを待った。

どれくらいの間そうしていただろう。背後に気配を感じた。顔を上げると……ズモモモ……。

「ぎゃっ！」

「大丈夫か!?」

ものすごい形相《ぎょうそう》の神居が駆けつけてくるところだった。熊ではなかった。

「あっ、お話は終わられましたか？」

「どこか具合でも!?」

「え、いえ、まったく……。あっ、座り込んでたのは、ヘッドフォンのコードが見つからなくて、万が一にもお話を聞いてしまったらいけないと思って」

説明が変だと自分でも思ったが、幸い神居はそこには突っ込まなかった。その代わり。

「非常に言いにくいが、コードレスだ」

しばし視線が絡み合い……ふたり同時に噴き出した。

＊　＊　＊

美都のインターン生活に、熊恐怖症克服ミッションも加わることになった。

神居の提案に甘えさせてもらい、毎日、タイミングが合う時に社長室にお邪魔してクマ執事の前で蜂蜜を舐める。初日のベタベタ事件でさすがに手のひらに乗せるのはやりすぎだったと双方が合意し、今はハニーディッパーに搦《から》めた蜂蜜をぺろぺろしている。少しずつではあるが、クマ執事へと距離を縮めていけていることが嬉しい。

先輩たちには熊恐怖症であることを告白し、「インターン中に克服します!」と宣言した。

そのため克服ミッションで持ち場を離れても叱られるどころか、応援してくれている。まったく戦力になっていないからこそだが、「だからこそ今のうちに」と前向きに考えられるのは、この環境のおかげだ。

それに数日前からフロアに立たせてもらえるようになり、僅《わず》かずつでも成長できていることが実感できたのも大きいかもしれない。

もちろん接客できるようなレベルにはほど遠い。しかし客の目につくところに立ち、先輩たちの働きを直に見学できるくらいになれたということが、ゼロからスタートした美都にはかなり嬉しい。

客層は老若男女幅広い。

ほとんどが予約ありの常連客で、来店と同時にコンシェルジュが対応し、担当する案内人の待つ試食ブースへと案内される。半個室のブースでは、客それぞれの好みに合わせた接客が行われていた。多くの種類をどんどん試食する人もいれば、案内人に好みを伝えて、絞り込まれた一種類の蜂蜜を試食するなり「これください」と即決する人、雑談を延々として最後に「今日のお勧めは？」と数種類の試食をして「やっぱり前と同じの」と気まぐれな買い方をする人など、千差《せんさ》万別《ばんべつ》だ。

美都は助手という名目で、菅井や他の案内人たちのブースに入れてもらえた。先輩たちの接客は本当に優雅で、美しく、蜂蜜を愛していることが伝わってくる。

フロアに立たせてもらった日から美都があまりにもキラキラと瞳を輝かせていることがおもしろいと先輩たちにはからかわれたりするが、美都から見ると、そういう先輩たちこそ、もう何年も案内人として働いているのに全身から生き生きとしたオーラを溢れさせているのだ。こんなにも人を虜《とりこ》にする蜂蜜とは、本当にすごい食べ物だ。

そんなことを考えていたある日のこと。菅井の助手としてブースに入っていた美都を、男性客がチラチラと窺ってくる。

（……どこか変かな？）

服装の乱れをチェックしてみたが、問題なかった。

客は、予約リストによると寺島《てらしま》という名前の四十代の男性。美都が見られる範囲の情報では、菅井が担当ということと、ナッツ系の蜂蜜が好みだということだけだった。

あまりにも見られるので不安に思い始めた頃、とうとう寺島が菅井に声をかけた。

「菅井くん、彼ってもしかして……春原美都くん？」

驚いたのなんの。なぜ名前を知られているのかと怖くなった。けれどすぐに謎は解けた。

固まった美都に、菅井が、

「寺島物産の専務、寺島一馬《かずま》様です」

と、助け舟を出してくれたから。

寺島物産といえば、美都が就職試験を受けていた会社だ。メドヴェーチに来るきっかけをくれた面接の——。

（あの時の面接官だ！）

ようやく気づいた。今日はスーツ姿じゃなかったからなんて言い訳にならない。現《げん》に寺島は、タキシード姿で髪もバチッと決めている美都をあの冴えない就活生だと見抜いたのだから。

「その節はお世話になりました。ありがとうございました」

慌てて頭を下げそうになった。しかしその寸前、トン、と軽く大腿《だいたい》を弾かれた。菅井だ。さりげなく「落ち着いて」と合図を送ってくれたのだ。

美都はスッと背筋を伸ばし、ゆったりと、優雅にお辞儀する。

大丈夫だっただろうか。案内人としての品位を保てただろうか。

冷や汗がドッと噴き出してくるが、何食わぬ顔で微笑みを浮かべる。菅井や先輩たちが教えてくれたことを必死に思い出し、「お客様」に接する。

「うわー、見違えたな。春原くんが決めた就職先ってここ？　メドヴェーチってバイト雇ってないよね？」

その質問は菅井へ。

「さようでございます。春原は来春より社員になるため、現在はインターンとして研修中でございます。失礼ですが、寺島様は春原とご面識が……？」

「うちの内定を袖にした、今年唯一の学生だよ」

ぼやくように言った寺島に、「さようでございましたか……！」と菅井が目を丸くする。いつも三日月形の菅井の目がここまで開くのを初めて見た。

そうなのだ。びっくりなことに、絶対落ちたと信じ切っていたあの面接に美都は受かっていた。内定の電話連絡が来たのは、神居に「ぜひ働かせてください」と頼んだその夜のこと。タイミングが少しずれていたら、美都はおそらく寺島物産の社員になっていた。

（この方のおかげだ）

感謝の気持ちが湧いてくる。あの問いかけへのお礼を言いたい。けれど今の美都はメドヴェーチの人間で、彼は客。まだ接客を許されていない美都には勝手な会話は許されない。……と口を引き結んでいたら。

「春原くん、参考までに聞いていい？　うちを蹴ってメドヴェーチにした決め手って何？　接客部署志望じゃなかったよね？」

ド直球だ。しかも笑顔とは裏腹に目が本気に思えた。

言葉に詰まった美都に、菅井がこそりと「春原くんの言葉でお伝えしてください」と背中を押してくれる。

少し迷って、美都は思い切って伝えることにした。メドヴェーチの案内人であることを忘れずに、背筋を伸ばして、優雅に。

「寺島様のおかげなのです」

「俺の？」

「面接で、寺島様は『なくても困らないけどあったら幸せになれる無駄なもの』は何かと私に問いかけてくださいました。それは『案外、人生を救ってくれたりする』と。……あの日の帰り道、私はそのことについて考え続け、『メドヴェーチの琥珀の幻夢』がそれだと気づきました。そしてこちらの店を訪れ、縁があって採用していただけることになりました」

「……えっ、それ本当の話？」

疑われる理由が分からない。「はい」と頷《うなず》くと、寺島は頭を抱えた。

「え、マジで？　俺のあんな質問で？」

「感謝しております。寺島様がきっかけをくださったから、僕は心から望む仕事に出逢えました。一人前の案内人になれるように、精一杯努力したいと考えております」

「うわー……逃がした魚は大きかった……」

などと冗談めかして嘆いてくれるから、これでお礼は伝えられたかな、と菅井の顔を見る。

菅井はそれでいいというふうに頷いてくれた。

「むちゃくちゃ悔しい。でも前途《ぜんと》ある若者がそんなふうに思える仕事に出逢えたっていうことは、喜ばないといけないな。その手助けを俺ができてたっていうなら、悔しいけど誇らしい。春原くんが案内人デビューした暁《あかつき》には、晴れ姿を見せてもらえると嬉しいな。いいだろうか、菅井くん？」

「もちろんでございます。もしよろしければ、将来的には春原が寺島様をご担当させていただきます」

「いいね。今のうちに唾つけとこう」

という会話はただの軽口だと思っていたが、寺島を見送ってバックヤードに引っ込んだ後、菅井が満面の笑みで美都の手をがっちりと握ってきた。

「おめでとう、春原くん。未来の担当お一人目の決定だ」

「え？　……えっと、でも」

寺島はすでに菅井の担当だ。戸惑っていると、「気にしなくていいんだよ」とまったく含みのない笑みを向けてくれる。

「寺島様は春原くんへの応援の気持ちとして、担当してほしいとご希望になってるでしょう？それはきみが手繰《たぐ》り寄せたご縁だよ。胸を張って引き継いでください」

菅井は本当に嬉しそうに目を細める。

「それにしても、あの寺島物産を蹴ってうちにか……すごいね」

「え、いえ、そんな」

「早く一人前の案内人になれるように、がんばりましょう！」

ぎゅっと手を握り、激励される。じーんと胸が熱くなった。

がんばって、ではなく、がんばりましょう。一緒にがんばろうと言ってくれている菅井の気持ちが伝わってくる。

ここにいていいのだと、居場所を与えてもらえている気がする。

「あ、もういい時間だね。春原くん今日は何時までだった？」

「十四時です。夕方にゼミがあるので」

「了解です。今日のミッションは？　抜けなくて大丈夫？」

「はい。退勤後に訓練させていただいてから、大学に行く予定です」

勤務中に抜けさせてもらう時は菅井とコンシェルジュに報告しておき、休憩のタイムカードを押している。神居は勤務中扱いにしていいなどと言っていたが、いいわけがない。秋日も美都に賛成してくれて、こういう形で落ち着いた。

「クマ執事にどこまで近づけるようになった？」

「……あと一歩のところまでいけた日もあったんですけど、ちょっとパニックを起こしてしまって倒れそうになったので、近づけるって堂々と言えるのは三歩手前くらいでしょうか」

熊恐怖症の克服宣言をした後、社長室でどんな特訓をしているかも先輩たちには話した。爆笑されて恥ずかしかったが、「そりゃ、玄関前のクマ執事じゃできないな」と納得してもらえたので、暴露した甲斐《かい》はあった。

「三歩手前って、すごい進歩してるね」

「え、そうですか？」

「うん。俺も亀が嫌いで、でも妻が水族館行きたいっていうから近づく練習してみたことがあるんです。……全然無理だった。水槽が見えただけで無理。ほんと無理」

これはよほどの亀嫌いらしい。なんとなく親近感を抱いてしまう。

「俺なんか水槽越しの、別に襲われたこともない亀相手にそれだから。春原くんのあと三歩は超すごい。自信持って」

(菅井さん大好きです……！)

思わず盛大に告白しそうになってしまった。寸前で呑み込んだが。

昼食後、午後の勤務もフロアで補佐をし、十四時に美都だけ上がらせてもらった。

私服に着替えて社長室を訪ねる。いつも通りノックして、神居の「どうぞ」の返答を待ちドアを開けた。

「失礼します。春原で……あれ？　クマゴロウさんは？」

ドアを開けた瞬間にドーンと視界に飛び込んでくるはずのクマ執事が、影も形もない。そのせいで死角になっていた奥の部屋への扉がとても目立つ。

「社長、クマ執事に負けましたね～」と笑う秋日と、「勝負した覚えはない」と苦笑する神居に、何があったのだろうと視線でうかがう。

「クマ執事は、お引っ越しですよ～」

「えっ。……もしかして僕が毎日通うからご迷惑に……」

「そんなわけがないだろう。名案を思い付いたのだ。こっちへおいで」

どこかいたずらっぽい笑みを浮かべた神居に手招かれたのは、奥の部屋へのドアで。

「美都さんって、アレですよね〜。積極性があるのに変なとこで引いちゃうっていうか」

「……そうですか？」

「あ、それがいいとか悪いとかって意味じゃないですから〜。単なる個人の感想です。じゃあ、私は秘書室の方にいますけど、セクハラされそうになったらこちらにお電話ください。二十四時間即時対応いたします〜」

と言って、携帯電話の番号が手書きで書き加えられた秋日の名刺をもらってしまった。

神居がじっとりと目を据《す》わらせて「秋日」と窘《たしな》めるが、「だって大事なことでしょう〜？」と全然負けない。

「では美都さん、ご武運《ぶうん》を」

戦に出掛けるわけでもないのに、武運を祈られてしまった。その理由は直後に判明する。

クマ執事は奥の部屋にいた。六畳ほどの空間に、バスルームへの道を塞ぐように仁王立ちしている熊。その圧迫感はすさまじく、ずいぶん慣れたと思っていたのに叫びそうになってしまった。

しかし神居は笑顔で美都の背後に回る。

（まっ、まさか、ひとりでこの部屋に入れって言わないよね？　名案って、狭い部屋で一緒に過ごすことだったりしたら……どうしよう。怖い……）

背中を押されるのではと緊張に身を固くすると。

「今まですまなかった、美都くん。熊恐怖症に立ち向かうきみを応援すると言っておきながら、ひとりで闘わせてしまっていた。再現するという固定観念に囚《とら》われていた私の落ち度だ」

そっと背中にくっつかれた。抱き寄せられるというほど密着はしていないが、背後一面に存在を感じるというのはあまり経験したことがない。満員電車の中くらいか。

一体何が始まったのだろう。動揺で脈が乱れる。

「記憶の上書きなら、私が一緒にいてもよかったのだ。そのことに今頃気がついた」

「えっ？　どういうことですか？」

肩越しに振り返ると、優しいまなざしがすぐ間近に迫っていた。ドキッと鼓動が跳ねる。そしてムスクのような香りが鼻腔を掠《かす》めた。

シャツを借りた時と同じだ。ドキドキする意味が分からないのにドキドキしてしまう。

「『美都くんを襲った熊』には、私がともに立ち向かう。きみはひとりじゃない。だから安心してくれ」

心臓を、鋭い矢でトスッと射貫《いぬ》かれたような気がした。

そして破れた場所からぶわっと感情が零れ出す。それはきゅんと音の鳴るやたらと甘い感情だったり、キラキラのハニーディスペンサーみたいに輝くものだったり、なんだこれ、と美都は戸惑った。

こんな現象は知らない。感情がどんどん零れていってしまうのに、後から後から湧き出してくる。膨《ふく》らんで、いっぱいになって、わけもなく泣きたくなった。

「美都くん？」

心配そうに呼んでくれる、神居の声。なぜか胸がぎゅっと摑まれたようになった。

今まで経験したことのない脈の暴走。病気だったらどうしよう、と不安を覚えてしまう。

「そんな涙目になるほど怖かったのか……！」

背中から抱きしめられた。たくましい腕が絡みついてくる。ドッと汗が噴き出して、全身が火のように熱くなっていることに気がついた。なんだこれ。なんだ、これ。

「大丈夫。このまま前に進んでごらん」

「こ、このままですか？」

背中に神居がくっついているのに。

「そう。あの日の山の中をイメージして。美都くんはひとりじゃなかった。……私が一緒にいた」

なるほど、記憶の上書きチャレンジはもう始まっているのだ。

さっさと終わらせてしまおう。せっかく神居が親身になってくれているというのに、美都はそう決意した。このままでは心臓がもたない。

足を前に踏み出す。背中にくっついたまま神居も前に進む。一歩、一歩、もう一歩……クマ執事に近づいていく。

ぐんぐんと視界の中で大きくなっていくクマ執事。しかしいつものような、後ずさりたくなる恐怖心は感じなかった。後ずさったら自分から神居に抱きしめてほしいと言っているような形になってしまう。そのことの方が怖い気がした。

（すごい……これが、ひとりじゃないっていうことの効果なのかな？）

あと三歩まで来たところで、神居の腕にグッと力が籠もった。

「無理はしなくていい」

ゾクッとした。耳元で響いた声が、やけに艶っぽく聞こえたから。

「だ、大丈夫です。社長のおかげか今日は行けそうな気がします」

勢いをつけてもう一歩前に進もうとしたが、やはりグッと引き留められた。

「ではここで蜂蜜にしよう。少し待ってなさい」

そうだった。蜂蜜の存在を忘れていた。そんな自分にびっくりした。それほど神居の行動が衝撃的だったからだが。

神居の腕がほどけていく。ほーっと安堵の溜め息が漏れた。決して嫌だったわけではないのに。

チェストの上に『琥珀の幻夢』をあらかじめ準備していてくれたらしく、瓶《びん》にハニーディッパーを差し込んで神居は戻ってくる。

手を出した。瓶を渡される。それなのに神居は、ディッパーは自分で抜いてしまった。

たっぷりと蜂蜜を搦めたそれを、美都の口元に差し出してくる。受け取ろうとしても躱《かわ》される。

「さあ、舐めなさい」

え？　え？　と疑問符が頭に乱れ飛ぶ。けれど神居があまりにも当たり前の表情でいるから、変だと思う自分が変なのだろうかと思ってしまった。

それに困惑しているうちにも、とろぉ……っと蜂蜜が球体から滴り始める。このままでは神居の手に垂れてしまう。

「し、失礼します」

ぺろっ。落ちかけた雫《しずく》を舌で掬ったら、最高の味が口腔に広がった。

（美味しい……！）

もうすっかり慣れた味になっているというのに、毎日、一口目は本気で感動する。

そしてひと舐めしたら止まらない。ぺろぺろ、ぺろぺろ、必死で舌を動かした。いつものようにディッパーをくるくる回したり動かしたりできない分、美都が顔の角度を変えて舐める。あまりに必死になりすぎたせいで、気が付くと「んっ、んっ」と苦しげな吐息を漏らしてしまっていた。恥ずかしい。

ちょっと落ち着こう、と一旦身を引くと、視線が絡んだ。神居と。それなのに一瞬、記憶の中の熊を彷彿とさせられた。ざわっと総毛立つ。それは紛れもない恐怖心だった。怖くてたまらない。しかし体を駆け抜けたその恐怖心は、自分を凝視しているのが神居だと再認識した途端にスゥッと消えていった。

（……あれ？　なんか、今……熊への怖さが、ちょっとマシになった……？）

理屈は分からない。しかしこれが神居の言っていたトラウマ治療というものの効果なのか、なぜか唐突に、クマ執事に触れるかもしれないと思った。

クマ執事に視線をやる。案内人の制服と同じタキシード姿で、紳士らしい立ち姿の等身大ぬいぐるみ。視界に入るだけでも胸がざわざわしたのに、今はなんともない。

あと三歩。行けるかも。

「美都くん？」

突然、クマ執事に向かって進みだした美都を、神居が不審そうに呼ぶ。
一、二、三。……もふっ。
「ぎゃーっ」

クマ執事の手に触れた瞬間、叫んでしまった。

慌てて元の場所に戻ると、神居が美都の腰を片手で抱き寄せるようにしてくるりとターン。自分の身で視界を遮ってくれた。

心臓がバクバクと乱れ打っている。手のひらの、もふっとしたおぞましい感触が消えない。幼いあの日、体当たりされた時の恐怖心を呼び覚まされてしまった。

半泣きで両手をこすり合わせていると……クッ。密着している体が揺れた。見上げると、神居が肩を震わせて笑っていた。

「……っ、自分で、触ったくせに……っ」

震える声でそれだけ言うと、たまらなくなったのか、声を立てて笑い始めた。

「社長！　ひどいですっ」

どんっと蜂蜜の瓶を持った手で胸を叩く。思わずしてしまったが、なんて無礼なことをと青くなった。それなのに神居は怒るどころか「馬鹿にしたわけではない。機嫌を直してくれ」とハニーディッパーを再び美都の口元へ。

条件反射で舐めてしまう。ぺろり。グッと腰を抱き寄せられた。心臓が飛び出るかと思った。

神居の片腕は美都の腰を抱いたまま、放してくれる気配がない。もっと舐めなさいと言うように、唇にディッパーが押しつけられる。

なんだこれ。もう何回目になるか分からない呟きを、また胸で繰り返す。

状況が分からない。こんな、まるで抱擁《ほうよう》されているような恰好で、なぜ蜂蜜を舐めさせられているのか。

離れようと身を捩ろうものなら、さらなる力が腕に籠められる。

（……あっ。これ、捕《つか》まってるんだ！）

抱擁ではない。拘束だ。それはそうだ。当たり前だった。

きっとまた美都が暴走してクマ執事に触りに行って自爆しないように、訓練には段階が必要だと神居は言いたいのだ。今はまだ三歩手前で蜂蜜を舐める時だろう、と。なんだそうか。

それ以外には考えられない。考えてはいけないと、思考が停止する。舌だけ動かす。ぺろぺろ、ぺろぺろ。

なんだか強烈に見られている気がした。訓練中に熱心に凝視されるのはいつものことだが、普段は離れているから、ここまでの圧は感じない。これでは挑戦を見守ってくれているというより、監視されているようだ。

恐る恐る、……チラッ、と視線だけ上げてみた。

バチッと視線が絡む。グッと腰をさらに抱き寄せられて、なぜか口の中に指を突っ込まれた。

「んぐっ⁉」

びっくりした。それなのに美都はその指に自分から舌を這わせていた。ディッパーから流れた蜂蜜でべたべたになっている神居の指に、カーッと興奮してしまう。

これだ。この指だ。そんなことを思った。必死にしゃぶりつき、呼吸が乱れる。口腔を探るように神居の指が動き始めた。美味しいものを食べているみたいに唾液が溢れてくる。飲み込んでも飲み込んでも追いつかない。ちゅ、くちゅっ、と水音をひっきりなしに立ててしまう。なぜかその音にまた煽《あお》られる。

まずい、やめなければ、と思うのに止まらない。もっとほしい。もっと、すごいことがしたい。

「愛らしい」

ゾクッと背筋を電流が駆け抜けた。

夢から醒めたように目を開ける。いつの間に閉じていたのか分からない。至近距離に漆黒の眸があった。凝縮された熱が籠もっていると感じた。

（……あ、あいらしい……？）

それは自分のことだろうか。あいらしいという音は、愛らしいという単語で合っているだろうか。自分なんかに彼がそんな言葉を使う意味が分からない。

「……あ、こぐま？」

「ん？」

ゾクゾクッ。熱い吐息の絡んだ神居の「ん？」は、美都を痺れさせるのには充分だった。大人の男の色香、すごい。

「こぐま、……ンッ、ぺろぺろ、……フェチ、って」

「……ああ。そうだったな。……合ってる。こぐまだ。だからもっとぺろぺろしてくれ」

んぐっ。またしても指を突っ込まれる。しかもその指には、新たな蜂蜜が搦められていた。美都が持った瓶から掬い取ったのだ。ありえない。大事な『琥珀の幻夢』をそんなふうに扱うなんて、本当だったら激怒している。それなのに……背徳感にゾクゾクした。『琥珀の幻夢』をメドヴェーチの宝として位置付けている神居だからこそ、その至宝の蜂蜜を手ずから舐めさせてくれることが、まるで尊《とうと》い儀式のように感じてしまう。

「……すまない。これは強制ではない。セクハラだと感じるなら拒んでくれ。その権利がきみにはある。拒むことによってきみのキャリアにいかなる悪影響も……いっ！」

思わず指に歯を立ててしまった。神居があまりにも変なことを言いだしたから。

「しゃ、社長は、いつも……誰かに、こんなことを？」

「そんなわけがないだろう！」

ガッと頤《おとがい》を掴まれて上向かされた。

怒鳴り声なんて初めて聞いた。驚愕したが、怖くはなかった。むしろ生身の神居に触れられた気がしてじわりと嬉しくなってくる。

「美都だけだ」

熱っぽくそんなことを言われたら、信じてしまいたくなる。

けれど鵜呑《うの》みにできるわけがなかった。なぜなら神居は『こぐまのぺろぺろフェチ』で、美都は別に彼の特別な存在というわけではないのだから。

「美都、私は――」

唸るような低い声。

続きの言葉を飲み込んだ神居は、しばし葛藤するような表情で黙り込み――不意に、顔を近づけてきた。

アップになる端整な顔に心臓が跳ねる。

近い。なぜ？　このままではぶつかってしまう。駄目だ。だって、ぶつかるのはきっと唇で……そんな、まるでキスみたいな――硬直していると、神居はピタリと動きを止めた。そして「クソッ」と吐き捨てると、いきなり額をぶつけてきた。

ごつんっ。衝撃に瞼の裏で火花が散る。

「いっ、たー……」

「今度の週末、五郎太さんのお供えの蜂蜜をご実家に直接届けさせてくれないか？」

いきなりなんの話を始めるのか。飛躍についていけず、じんじんする額を押さえて神居をうらめしく見上げる。

神居の額も赤い。きっと痛いはずなのに、そんな素振りはまったく見せない。美都を見つめてくるまなざしは、ただ物言いたげな空気を孕《はら》んでいた。

「どうしてですか？」

お供えの件は先日相談して、例年通り郵送してもらうことで決着していたのに。

「私が臆病者だからだ」

「ええっ⁉」

一体どこが。心底ツッコミたい。臆病なんて、この人から最も遠い言葉だろうに。

「きみに聞いてほしいことが山ほどある。社長としてではなく――ただの神居尊琉として。迷惑か？」

「まさか！」

考えるより先に言葉が飛び出していた。

「でも……どうして僕なんかに？　ただのインターンなのに……あっ、祖父の……？」

「そうだな……、無関係とは言えない。だがそれはむしろ、私にとっては警戒すべきことでもあった」

「……警戒、ですか？」

ふっと神居は自嘲《じちょう》ぎみな笑みを浮かべた。社長としての表情ではない。きっとこの人のこんな一面を知っている人間は、そんなに多くない。

まるで自分が特別扱いされているみたいだと思った。そう考えて嬉しくなるのは、この人に特別扱いされたいと美都が望んでいるから。美都にとって神居が、特別な存在になっているから。

（……社長のこと、もっと知りたいな）

どんな家に住んでいて、どんな家族に囲まれていて、どんなふうにプライベートを過ごしているのだろう。『こぐまのぺろぺろフェチ』だということは、クマ牧場に行ったりもするのだろうか。それとも動物園？　――ひとりで動物園にいる神居を想像して、笑いがこみ上げてきてしまった。

しかし実際に笑ってしまう前に、ひとりではないのではと思い付き、胸がヒヤッと冷たくなった。

（恋人とのデートでとか……？）

考えた途端、苦しくなる。なんだこれ、と美都は戸惑った。

「私は厄介な問題をいろいろと抱えている。だからあまり人と馴《な》れ合うつもりはなかったのだが、……きみには、私のことを知ってほしいと願ってしまう気持ちを止められないんだ。迷惑だったらいつでも言ってくれ」

「嬉しいに決まってます！」

まさか自分の知りたいという気持ちと、神居の知ってもらいたいという気持ちが合致《がっち》するとは思ってもみなかった。

それならもう、遠慮する必要はないのでは？

「美都……」

神居がまぶしそうに目を眇めて見つめてくる。その表情がなぜか切なげに見えて、胸が騒いだ。

それは嫌なざわめきではなく、もどかしくて、もっと傍に行きたいと願ってしまうような気持ち。

しばし無言で見つめ合っていると、ヴィーッとバイブレーションの振動の音が沈黙を破った。

「失礼、秋日だ」

スマホをポケットから取り出して断りを入れる。

美都はそっと身を離し、そして今さらながらにどれだけ長い間密着していたのかと頬を熱くした。神居の腕は、ドキドキするのに心地いい。

どうしてそんなふうに思ってしまうのだろう。これではまるで――。

「はい、私だ。何か緊急の用か？　……そんなに時間が経っていたか？　すまない」

我に返って、美都も時計を確認した。とっくに大学に向かっているはずの時間だった。

（長居しちゃった！　社長、お忙しいのに……！）

急いで蜂蜜の瓶を棚に戻し、神居から受け取ったハニーディッパーを洗いにいく。神居の片手は蜂蜜と美都の唾液でべとべとになったままだ。それがやけにいやらしい気がして、慌ててハンカチを濡らして神居に渡した。

「ありがとう。週末の待ち合わせなどは、明日にでも相談させてくれ」

週末？　と首を傾げると。

「お供えをご実家に届けたいと言っただろう？」

「えっ、僕も一緒にですか⁉」

「当たり前だろう」

呆然《ぼうぜん》と見つめ合うふたりの間に、いまだ通話中のスマホから『もしもーし？　言葉、足りてますか～？』という秋日の間延びした声が響いた。

＊　＊　＊

これはどういうことだろう。

土曜日、午前十時過ぎ。美都《よしと》は高級国産車の助手席に納まっていた。

ハンドルを握っているのは我らがメドヴェーチの代表取締役社長、神居尊琉《かみいたける》。普段は三つ揃《ぞろ》いのスーツ姿だが、今日は初めての私服姿。カジュアルなシャツとパンツというだけなのに、どうしてこんなに洗練されているのだろう。

かっこよさとは服装で決まるのではないらしい。

車の中はふたりきり。今日は秋日《あきひ》もいない。まさかこのまま実家まで三時間の道程をドライブするのだろうか。緊張しすぎて心臓がまずい。

「あ、あの、社長、喉渇《かわ》きませんか!?　ちょっとコンビニにでも……」

「どれでも好きなものをどうぞ」

と言ってふたりの座席の間にある、やけに大ぶりなひじ掛けだと思っていたものをカパッと上げてくれる。そこはまさかの冷蔵庫になっていて、ぎっしりと飲み物が詰まっていた。

「なんですかこれ。すごい」

「ところで美都くん、今日は『社長』はやめにしないか？　社内では仕方がないが、プライベートではできれば名前で呼んでほしい」

突然何を言いだすのか。ただでさえドキドキして困っているというのに。

「え、で、でも、あの、そんな、馴《な》れ馴《な》れしい……」

「願ったりだ。社長ではない神居尊琉に馴染《なじ》んでくれ。今日の私には何の肩書きもない。きみに対してなんの強制力もない。それでいいね？」

「——はい。承知しました」

「ありがとう。では、遠慮なく口説かせてもらう」

「くっ⁉　くど…っ⁉」

それはどういう意味だろう。口説くだなんて、美都相手に使う言葉ではないと思うのだが。

しかし初対面の日にすでに口説く宣言をされていたことを思い出した。そして神居が取った行動は、メドヴェーチへの就職の誘い。これもそういう類のことに違いない。きっと意識する方がおかしいのだ。

「ほら、呼んで」

チラッと流し目を寄越《よこ》される。しかも笑顔全開で。

どうしてそんなに楽しそうなのだろう。

「……えっと、その、この場合の名前とは、神居さんの方で…」

「美都？」

ぎゃっ！　と叫びそうになってしまった。芝居がかったしぐさで睨《にら》んできたその流し目が、とても色っぽかったから。

カーッと頬が熱くなる。きっと耳まで赤い。

（は、恥ずかしがるから、余計に恥ずかしいんだ。こういうのは勢いで！）

「尊琉さん！」

「ん」

心臓を鷲摑《わしづか》みにされた気がした。

たった一言、ん、という一音に、喜びとか、甘さとか、まるで色とりどりの花をぎゅっと束ねたみたいに様々な明るい感情が凝縮されていた。そして何より、神居の横顔があまりにも幸福そうで、空気がグッと濃密になる。

神居が急に近くなった気がした。こういう空気の変化を、親密度が上がると言うのだろうか。神居の様子に、美都までじわじわと嬉しくなってきた。ただ名前を呼んだだけでこんなふうに喜んでくれるなら、恥ずかしさなんてどうでもいい。

もっと喜んでほしい。もっともっと、この人に近づきたい。自分が、この人の傍《そば》にいたい。それは今まで生きてきて、誰にも抱いたことのない感情だった。いつだって美都は傍観者《ぼうかんしゃ》だったから。

「美都、悪いが珈琲《コーヒー》をくれるか？　ブラックで」

「あ、はい。どうぞ。じゃあ僕はカフェオレをいただきますね……た、尊琉さん」

勇気を出してもう一度呼ぶと、またしても幸福そうに「ん」と頷《うなず》いてくれる。空気が甘い。

自分といることで神居がこんな穏やかな表情をしてくれるということに、幸せな気持ちになった。それはじわじわと膨《ふく》らみ続け、胸が一杯になる。幸せすぎて泣きそうになる。

たったこれだけのことでどうしてこんなにも感情が揺さぶられるのだろう。

この甘い感情はなんなのだろう。

ふと気づけば、緊張などどこかに消え去っていた。アパートに迎えに来られた時は緊張しすぎて倒れそうになったのに、本当に不思議だ。今はこの空間が心地いい。車窓を流れる景色に目をやる余裕まで出てきたりして。

「そうだ、美都。カフェオレの甘味が足りなかったら、ダッシュボードに入っているから」

何が？　と尋《たず》ねるまでもなかった。開けてみると、蜂蜜の瓶がずらりと並んでいた。もちろんすべてメドヴェーチ製。当然のように『琥珀《こはく》の幻夢《げんむ》』まで揃っている。

「どうしてこんなにあるんですか」

腹を抱えて笑ったら。

「私の可愛いこぐまを捕《つか》まえておくために」

（私の？　可愛い？　こぐま？）

どこからツッコめばいいのか分からない。というか、この場合のこぐまとは美都のことだろうか。そんなふうに考えるのは自意識過剰だろうか。

しかしもし自分がこぐまと呼ばれたのだとしても、マイナスの感情はまったく生じなかった。熊が怖くてたまらなかったはずなのに、先日の一件から本当に不思議なことに、もふっと触れさえしなければ恐怖を感じることがなくなった。

「好きなだけ舐めてくれ」

「う、あ、後の楽しみにしておきます。……こぐまじゃないので逃げないです」

そんな軽口に神居は笑ってくれる。

神居は運転にとても長けていた。免許を持たない美都には詳しいことは分からないが、あらゆる操作が滑らかでとにかく乗り心地がいい。実は車に酔いやすい美都は酔い止めを飲んできたのだが、これはいらなかったかもしれない。

「尊琉さんってなんでもできますね」

思わず感嘆を漏《も》らしたら、苦笑されてしまった。

「訓練や工夫でなんとかなることだけな」

「あ、すみません。決して、努力もなしになんでもできていいなとか言ったつもりでは」

「分かっている。美都がそんな羨《うらや》み方をするわけがない。私が言いたかったのは、たとえば出生や個性はどうにも変えようがないが、環境や生き方は努力次第でどうにでもできるという意味だ」

どんなふうに生きてきたのかな、と気になった。どんな子どもで、何が好きだったか、何かスポーツをしていたのか、好きな教科はなんだったのか……こんなとりとめもないことを知りたいなんて、野次馬根性だと思われるだろうか。

そんなことを心配して口に出せずにいると、まさかの神居から、

「美都はどんな子どもだった？　何かスポーツをしていたり、趣味があったりしたのか？」

と考えていたことと同じ質問をされた。

びっくりして、でもなぜかくすぐったくて、「……実家にいた頃は、山で遊んでばかりでした」

と話し始める。

子どもの頃のこと、大学のこと、高校時代の寮生活のこと、そして家族のこと。神居は、聞いてほしいことがあると言っていたはずなのに、美都のことばかり訊《き》いてくる。もちろん尋ねれば答えてくれるが、いつの間にかまた美都が話す流れになっている。

（僕だって、尊琉さんのこと知りたいのに）

そんな不満を密《ひそ》かに抱いてみたりもするが、神居が自分に興味を持ってくれていることが嬉しいのだからどうしようもない。

気づけば、早くに家を出たのは弟が土地を継ぐべき本当の長男だと親戚たちに示すためだということまで話していた。今まで誰にも話したことなどなかったのに。なぜかこの人に聞いてほしいと心が揺さぶられてしまった。

「そうか……」

フロントを見つめながら眉根を寄せて呟《つぶや》いた神居は、何を思っていたのだろう。聞いてみたくて、けれど聞くのが怖かった。

車はとうに街を抜け、遠くに山々が連なり田畑が広がる自然豊かな風景になっていた。実家まであと一時間もかからない。

「あっ、尊琉さん。この辺りで昼食を摂《と》っておかないと、この先はどんどん山に入っていくので店らしい店が本当になくなります」

「ピクニックできそうな場所はあるか？」

ずいぶん可愛らしい単語が出てきた。

「……河川敷でよかったら、もうちょっと実家寄りに」

「ならばそこで昼食にしよう。実はピクニックランチを作ってきた」

「尊琉さんが作られたんですか⁉」

思わず身を乗り出して顔を覗《のぞ》き込むと、チラッとくれた一瞥《いちべつ》は苦笑に彩《いろど》られていた。

「期待はしないでくれよ。料理したのは久々だ。自分の分だけだと、どうも作る気になれなくて外食ばかりだからな」

神居が社長に就任した時に実家を出て、マンションで一人暮らしをしているというのは、さっき聞いたばかりの情報だ。恋人はいなくて、動物園にも行かないらしい。そっか、恋人いないんだ……とじわじわ嚙《か》みしめてしまった。

河川敷に着くと大きなレジャーシートを敷いて、神居が用意してきてくれたランチをいただく。それがもう、すごかった。

きちんとした磁器の食器類に、ぴかぴかに輝く銀色のカトラリー。クーラーボックスから出した料理を美しく皿に盛り、美都に提供してくれる。ニシンの甘酢漬け、ビーツのサラダ、ボルシチ、ピロシキ——ロシア料理がずらりと並ぶ。

これはもはや青空レストランではないだろうか。ピクニックという概念を覆《くつがえ》される。

「すごすぎます……！　これ全部、本当に尊琉さんが作られたんですよね？」

「もちろん。ピロシキの皮からすべて手作りだ。美都に食べさせたくて」

ふっと微笑む神居に、心臓が妙に高鳴る。車の中という閉鎖空間ではないのに、やはり空気が

濃密な気がする。

「召し上がれ」と勧められて、上司より先に手をつけるなんてと考えもせず素直に従う。

最初に手を伸ばしたのは、ピロシキ。すっかり冷めているのに、かぶりつくと表面がサクッとしていた。しかし生地自体はもっちもち。一口目から具材がたっぷりで、肉汁がじゅわっと口の中に広がった。

「おっ、いっ、し〜」

思わずスタッカートをつけてしまう。

「本当に美味しいです。具材には何が入ってるんですか？　お肉にニンジン、玉ねぎに……この透明な細いのって、春雨ですか？」

かじった断面を見つめて尋ねると、「正解」と笑ってくれる。

「一目で春雨と見破るとは、さては美都もかなり自炊しているな？」

「このピロシキ様を前に、自炊してるなんて言えません。僕の自炊は、切る、焼く、以上。切る、煮る、以上。の二進法だけです」

「意外と男の料理だな」

「料理だなんて言えませんって。……あっ、このピロシキって……」

二口目をもぐもぐしながら味を探る。

「もしかして蜂蜜入ってますか？」

パッと神居が破顔《はがん》した。

「すごいな、もう気づいたか」

「やっぱり！　肉汁にほんのり上品な甘さとコクがあるなって……なんの蜂蜜ですか？」

「なんだと思う？」

そんなふうに訊かれたら、身につけたばかりの知識を試したいと血が騒ぐ。

「りんご？」「違う」「アカシア？」「遠い」「百花蜜《ひゃっかみつ》？」「逃げたな」「……まさかの『琥珀の幻夢』だったりしませんよね？」「さすがに至宝の蜂蜜を料理の隠し味にする勇気はなかった」「ですよね、すみません。うーん……」「降参《こうさん》か？」「まだまだです！」

ぽんぽんと弾けるように会話している自分が不思議だった。テンポのいいやり取りは、美都が一番苦手とするところなのに、神居となら勝手に言葉が出てくる。

もう一口食べて、味を探りながら、こういう料理に合う蜂蜜を脳内検索していく。

「……あ！　ブルーベリーだ」

「正解。すごいな。少し前まで百花蜜と単花蜜《たんかみつ》の違いも知らなかったとは思えない。本当によく勉強しているのだな」

そんなふうに褒めてもらえると、照れくさくなってしまう。

続けて「産地は？」と訊かれ、「国産」「ロシア」の次の「フィンランド」で正解した。フィンランドはロシアの隣の国で、ベリーが大量に自生している。

神居もピロシキにかぶりつき、「うん、我ながら美味《うま》い」なんて言うから、「そうですよね!?」と全力で同意してしまった。作った本人に向かって。

次に摘《つま》んだニシンにも、蜂蜜の気配。なんとすべての料理に蜂蜜が使われていた。ピロシキと同じように蜂蜜の種類と産地を当てっこしながら舌鼓を打つのが楽しすぎる。

瞬《また》く間にすべてを平らげ、食後のデザートとしてロシア産の甘露蜜《かんろみつ》をかけたヨーグルトをいただく。酸味のあるヨーグルトに、少し癖のある濃厚な甘露蜜が絶妙だ。

「ロシア料理って、こんなふうになんにでも蜂蜜を使うものなんですか？」

「いや、私の勝手なアレンジだ。隠し味にも使えるが、普段から砂糖やみりんを使うべきところを全て蜂蜜に置き換えてみるというのがお勧めだ。和食にも蜂蜜は意外と合うんだぞ」

「……照り焼きとか肉じゃがとか三杯酢《さんばいず》とかもですか？」

「全部よく合う。しかもなんの蜂蜜を使うかによって味が変わるという楽しみ方もある。案内人は特に、レシピ創作をライフワークのように行っているようだ。菅井くんも熱心に……」と言いかけて、「いや、菅井くんは今は休止中だな。子どもがまだ八ヶ月だ」と当然のように把握していたことに驚いた。

メドヴェーチに入って蜂蜜について学んだ中で、とても驚いたことの一つが、蜂蜜は一歳未満児に食べさせてはいけないということの理由だ。ボツリヌス症を発症する危険があるため。

美都は弟が生まれた時に、「じいちゃんの蜂蜜、早く一緒に食べたいなぁ」と言ったら、「蜂蜜は赤ちゃんには毒になるの。絶対に食べさせては駄目よ」と義母が教えてくれて震えあがったので「食べさせては駄目」ということ自体は強く刷り込まれていたが、なぜかその理由を「甘くて虫歯になるから」と捏造《ねつぞう》してしまっていた。まったく違う。虫歯どころの話ではない。生命にかかわる。

もちろん家族が食べる分には何の問題もないが、あまりの蜂蜜好きゆえに、癖で子どもの飲食物に蜂蜜を混ぜてしまいそうで怖いと、菅井は今、家には蜂蜜を持ち込まないことを徹底しているらしい。案内人あるあるだそうだ。

「先輩たち、本当に蜂蜜が好きで、お客様に蜂蜜をご案内できることが楽しくてたまらないんだな……って、すごく伝わってきます。かっこいいです」

「かっこいい、か」

なぜか眉間に皺《しわ》を寄せた神居に、何か変なことを言っただろうかと口を噤《つぐ》む。

しばし、沈黙の中で視線が絡んだ。そして、ふっと笑った神居に「お弁当」と唇を拭《ぬぐ》われた。

ぺろっ。——時が止まった。

あろうことか美都は、ただ汚れを拭ってくれただけの神居の指を舐めてしまったのだ。口元に持ってこられた条件反射で。

「…………っ、すすすみません！」

「美都……！」

ガッと頤《おとがい》を摑まれる。顔の上に影が差した。少し前の自分なら、熊を連想して怯えていただろう。けれどもう、この人を熊と間違えることなんてない。

端整な顔が近づいてくる。また額をぶつけられるのかと思った。しかし次の瞬間、美都の唇は熱いものに覆われていた。

「っ!?」

がぶりと噛みつかれる。

硬直した美都の腰に、逞《たくま》しい腕が巻き付いてきた。引き寄せられる。そして伸し掛かられる。反射的に背を反らして逃げようとしたら、いつの間にか顎《あご》にあったはずの手に後頭部を抱え込まれていた。

抱き締められて、唇をもどかしそうに食《は》まれる。息ができない。苦しくて、唇の結び目が開いてしまった。そこにすかさず濡れたものが侵入してくる。熱くて、滑らかで、肉厚の……濡れた、舌？

「んっ」

鼻にかかった声が漏れた。それが自分の声だと、すぐに気づくことができなかった。んっ、んっ、と繰り返し聞こえてくるそれを発しているのが自分だと気づいたのは、舌を搦《から》められて「あぁんっ」と裏返った声が飛び出した後だった。

ハッと目が覚めたようになり、慌てて口を押さえる。

唇は濡れていた。至近距離に神居がいて、手の甲に唇を押しつけられた。

気づけば美都はレジャーシートに背中を預け、神居を見上げていた。呼吸が荒い。美都より神居の方が。鼓動が一定のリズムを刻めないほどめちゃくちゃに荒れ狂っている。

(何、今の……!?)

舌がじんじんと痺れていた。この舌が、ついさっきまで、何に触れていたのか……信じられずに呆然《ぼうぜん》とする。

「美都……」

神居の声。押し殺したように低く、甘い声。艶やかで、切なげで、なぜか苦しそうなその声が、絞り出すように告げる。

「――好きだ」

「っ!!」

心臓が止まるかと思った。鷲摑みにされて、息もできなくて、心を奪われたと思った。

そして代わりに、すとんと落ちてきた。――この人が好きだ。これは恋だ。

神居に出逢ってからずっと胸にあったこの不思議な感情が、恋という名前を持つものだということに、同じ感情を向けられて初めて気がついた。

どうして気づかなかったのだろう。こんな、まるでパズルの最後の一ピースのように、カチッと嵌《は》まってもう決して動かない言葉なのに。

これが恋。この気持ちが。神居に構ってもらえるたびに胸が躍って、みんなが憧《あこが》れる完璧な社長ではない一面を見せてもらえることが嬉しくて、もっとこの人を知りたいと願っていたこの感情が、恋というものだったのか。

ようやく名前をもらえた恋という感情が、喜びを爆発させる。嬉しい、嬉しい、やっと恋だと気づいてくれた、嬉しい……！　体の奥底から激しい感情が噴き上げてくる。

ぶわっと目の前が涙で滲《にじ》んだ。一瞬、神居が怯むのが分かった。漆黒の眸《ひとみ》に傷ついたような色が走り、体が離れようと動きかけた。咄嗟《とっさ》に、両腕を神居の首に回して引き留めていた。ハッと目が見開かれる。探るように見つめられる。涙が滝のように目尻を伝っていく。胸が震えた。喉元が熱くてたまらない。湧き出してきた感情が言葉になってあふれ出す。

「僕も、好き……！」

ぶつかるように唇を塞《ふさ》がれた。

再び始まったくちづけは、一度目以上に情熱的なものになる。

舌と舌を搦め合い、痛いくらい吸われて、吸い返して、淫靡《いんび》な水音がひっきりなしに上がる。それは神居の指に搦められた蜂蜜を舐めている時に立ててしまう音と似ていた。けれど美都ひとりでなく、ふたりで奏でている。それだけで愛しいもののように感じる。

そして神居の舌は、指よりずっと甘い。蜂蜜が搦められているわけでもないのに。こんなに美味しいものが蜂蜜以外にあったのかと、夢中で吸って、甘噛みを繰り返した。

鼓動が荒々しく乱れ打つ。呼吸が浅く、激しくなる。息継ぎがうまくできなくて苦しい。それなのにこの唇から離れたくない。

唇を合わせたまま、「美都」と何度も呼ばれる。

恋ってすごい。神居の声で呼ばれる自分の名前が、ついさっきまでと別もののように甘い意味を持つ。そんなに愛しそうに呼んでくれたら、自分の名前が特別に感じてしまう。

「尊琉さっ、んっ、……あっ」

舌を甘噛みされて、甘い声が零《こぼ》れた。お返しとばかりに神居の舌に歯を立てたら、ビクッと逞しい肩が揺れた。力を入れすぎてしまったのかもしれない。ごめんなさい、という気持ちを籠《こ》めて、舌先でぺろぺろっと癒すように舐めた。

グルル……。

突然、すぐ身近で唸《うな》り声のような音が響いた。

(熊っ!?)

美都は咄嗟にくちづけを振り解き、身じろいで周囲に視線を走らせた。——川のせせらぎ、陽光に照らされる草、鳥の囀《さえず》り……獣の気配はない。気のせいだったらしい。

ホッとしたが、美都と動揺に異変を感じたらしい神居が身を起こしてしまった。

しんと奇妙な空気が流れる。我に返ると、熱に浮かされていた時間が恥ずかしくなる。

(……どうしよ。尊琉さんの顔が見られないよ……)

もそもそと美都も起き上がりながら、涙を拭って照れ笑いする。キスしちゃいましたね、なんて、美都から言ってもいいのだろうか。好きだと言われて、好きと返した自分たちは、今この瞬間、恋人になっていると思ってもいいのだろうか。すべてが初めてのことで、どうすればいいのか分からない。

(……尊琉さん、何か言ってください)

もじもじしてしまう。もうすぐ二十二になろうという男が恥じらっても不気味だと思うのに、恥ずかしくて顔が上げられない。

(っていうか、男だ……。僕と尊琉さんって、男同士だった……いいのかな……?)

今さらなことに気が付いて、ちろっと視線だけで神居を窺《うかが》う。

バチッと視線が絡んだ。なぜか神居は、口を手で覆ったまま呆然としていた。明らかに様子がおかしい。

「……尊琉さん？」

おそるおそる呼んでみる。恥ずかしいなんて言っていられる雰囲気ではなかった。

ビクッと神居の肩が揺れ、眉間に皺が刻まれる。それはどう見ても、自分と両想いを確認できて喜んでくれている様子ではなかった。

頭を殴られたようなショックを受ける。もしかして神居は、美都と恋人になるつもりなんて欠片もないのではないか。

だったら今のキスはなんだったのか。情熱的に求められたと感じたのは、間違いではないはずなのに。

「すまな…」

「何を謝るんですか!?」

咄嗟に遮っていた。謝られたくない。ほんの一瞬前までこの手の中にあった幸福を、過《あやま》ちだったなんて言われたくなかった。

しかし美都のそんな願いを弾き飛ばすように、神居は膝立ちの状態で深く頭を下げた。

涙がせり上がってきて、喉元が熱くなる。今度は悲しみで。

「すまない！　順番を間違えた」

「……じゅん、ばん？」

予想外の言葉。キスしたのは間違いだったと謝られるのではないのか。

顔を上げた神居は、心を決めたような顔をしていた。まっすぐに見つめられる。射貫《いぬ》かれそうになるくらいに。

「美都が好きだ。私の恋人になってほしい」

「えっ!? あっ、は…」

「まだ返事はしないでくれ。私の話を聞いてから判断してくれ」

きっぱりと遮られる。何か大事な話だと感じた。

美都は居住まいを正し、神居にきちんと向き合う。

まさか本当は恋人がいるとか、跡取りが必要だから男の美都とは期限付きの恋人にならなれるとか、そういう話ではないかと悪い予感ばかりが浮かんでは消えていく。

神居が、大きく息を吸った。そして覚悟を決めたように吐き出す。

「私には秘密がある。正確には、我が一族には」

（………恋人の話じゃない？）

一体何の話だろう。困惑しながらも、先をどうぞ、と頷いてみせる。

「『メドヴェーチ』の意味を知っているか？」

「……もちろんです。『熊』ですよね、ロシア語で。でも直訳は『蜂蜜を食べるもの』、さらにその語源は『蜂蜜の在《あ》り処《か》を知るもの』だと思います」

採用してもらえた嬉しさのあまり、『メドヴェーチ』ってどういう意味だろうと調べていた。こんなところで話題になるとは思いもしなかった。

「案内人という名称も、そこから来ているのかなって考えてました。一般的にはソムリエと呼ばれる仕事内容ですよね」

「その通りだ。メドヴェーチではあくまで『大好きな蜂蜜の在り処へ、仲間を案内する』スタンスで接客してほしいと願っている。――私たち一族は、太古の昔からそのようにして生き長らえてきたから」

「え？」

話がどこへ向かっているのか、まったく見えない。

「これは半ば伝説のようなものとして伝わっている話だが……我が一族は、昔、北の大地でメドヴェーチ――『蜂蜜の在り処を知るもの』として崇《あが》められていた。昔の蜂蜜は現在とは位置づけが違う。知っているか？」

「……『神の液体』ですよね？」

「そう。塗って怪我を治す薬として用いたり、体力が低下している者に滋養強壮の薬として服用させたり、蜜蠟《みつろう》を蠟燭《ろうそく》として加工して明かりを灯《とも》したり……」

蜂蜜がミツバチの働きによって作り出されていると解明される以前は、まさしく『神の力』で樹の中などに生じていると考えられてきた。人間への恵みの液体だと。これも最近勉強したこと。

「いわゆる呪術で病や怪我を治していた時代に、我が一族は蜂蜜を用いることで人々を癒してきた。その効果は誰の目にも明らかで、それは当時の人々にとって神の力にも等しいことだった。だから迫害されず、むしろ『森の神』として崇められ、生き抜くことができたのだ。たとえ——異形《いぎょう》の姿であっても」

「いぎょう?」

ってなんだろう。話の流れからすると医療行為を行う医業が連想されるが、医業の姿とは言わない。そのフレーズで用いるとすれば……異形しか、思いつかないのだが。

グッと神居の眉間に皺が刻まれた。苦し気な表情。拳《こぶし》が握られ、体にもやけに力が入っている。

「……美都、実は、私は——」

釣られて美都まで緊張してくる。ごくりと息を呑んだ。

神居の言葉を待つ。けれど沈黙が流れ続ける。神居は何度も口を開きかけ、そのたびに言葉を飲み込むように唇を引き結んだ。その繰り返し。

彼はここまで思い詰めるほどの、一体何を告げようとしているのだろう。

普段から優柔不断な人ならいざ知らず、あの神居尊琉だ。

すべての従業員から慕われ、それこそ神のようにさえ思われているこの人が、ここまで話しにくいこととはなんだろう。

異形の姿と言っていた。——まさか、整形手術をしているという告白だろうか。それを大袈裟《おおげさ》に表現しているとか。……もしそうだとしても、美都にとっては「あ、そうなんですか?」というくらいのものなのだが。

もしくは異形というのが「とうてい受け入れられない」という意味での比喩として、たとえば……医療行為を隠れ蓑《みの》に、代々人体実験を行ってきた猟奇的な一族だった……なんて告白をされたら、さすがに美都も動揺する。けれどそれで即座に神居を軽蔑するかといえば、話は別だ。それは現在も行われていることなのか、神居は何か関わっているのか、一族の過去の行いについてどう感じているのか、ちゃんと教えてほしいと思う。その上で——やっぱり好きだと思う。

彼の一族が犯してきた罪があるのだとしたら、それは償《つぐな》うべきだと思う。

けれど美都が好きになったのは、今ここに、目の前にいる、この人なのだ。

神居が抱えている問題がどんなに大変なことかは分からないが、その事実だけは揺るがないと思った。

(……いつからこんなに好きになってたのかな……?)

分からない。出逢った時からものすごい存在感で、うっかり熊と間違えてしまったほどで、けれどかっこいい人だとドキドキしていた。

まさかあの時、一目で恋に落ちていたのだろうか。一目惚れなどというものが、自分の身に起こるだなんて想像もしていなかったから、気づけなかったのだろうか。

神居のかっこいいところはいくらでも思い付く。いつも三つ揃いのスーツでビシッと決めた姿は同じ男から見ても惚れ惚れするかっこよさだし、常に従業員が生き生きと働ける職場を作ろうと工夫しているところもかっこいいし、そのくせ気さくで誰とでも対等に話してくれる姿もかっこいいし、神居のすべてが「かっこいい」で構成されているのではないかと思うほど完璧な社長なのだ。好きにならない方がおかしい。

けれどそれだけなら、少々度を越した「憧れ」で片付けられたはず。

きっと美都が恋をしたのは、社長の顔をしている時には見られない、彼の少々ぶっとんだところ。

こぐまが蜂蜜をぺろぺろ舐めるところを見るのが大好きだとか、美都の熊恐怖症を克服《こくふく》するためとはいえ大胆な方法を取るとか。

(変な人)

ふと、笑いたくなってしまった。

表の顔は完ぺきな紳士なのに、ギャップがおかしい。そして愛しい。

ああ、好きだなぁ……としみじみ思った。

そしてこんなにかっこよくて、可愛い人が、どうして自分なんかを好きになってくれたのだろうと不思議に思った。

自分なんてなんの取り柄もない人間なのに。就職の話の時にいくつかいいところを挙《あ》げてくれたが、あれはあくまで従業員としての話。恋とは違う。

(……もしかして、蜂蜜を舐めたから？)

初めて会った日、垂れてしまった『琥珀の幻夢』がもったいない一心でぺろぺろ舐めてしまったが、まさかあの行為が神居の心を射止めたのでは。

(………ありえる……。っていうか、それ以外に考えられないかも……)

閃《ひらめ》いた！　と、ポンと手を打ちたくなるくらいの発見だ。

そう考えたら辻褄《つじつま》が合う。

神居なら女性も男性もよりどりみどりとはいえ、きっと彼の目の前で毎日毎日蜂蜜をぺろぺろ舐めて見せるような人間は存在しなかったに違いない。美都だって、もしも恋人の前で蜂蜜を舐めることになったら、もうちょっと大人っぽく、ぺろぉり……なんて思わせぶりに舌を這わせたに違いない。

（……全然似合わないけど）

自分のそんな姿を想像してしまい、赤面しそうになる。必死に頭から追い出して耐えた。

しかし大人っぽい舐め方なんて、似合わなくてよかったのだ。なぜなら神居は『こぐまのぺろぺろフェチ』だから。そこに作為があってはいけない。ただ純然たる蜂蜜を舐める行為。それこそが神居の求めるものであり、だから彼の心を摑めたに違いない。

（…………なんだか複雑……）

そうだとしたら別に、絶対に美都である必要はなかったはずだから。

たまたま彼の前に現れた、純粋に蜂蜜に夢中になってぺろぺろしている人間が自分だったというだけだ。もしも美都と同じように彼の前で蜂蜜をぺろぺろぺろぺろする人が現れたら、神居の心は奪われてしまうのではないだろうか。

（そんなのいやだ！）

想像しただけなのに、胸が苦しくなる。

もっと上手《うま》く舐められるようにならなければ。神居好みに。

(尊琉さんは、どんな舐め方が好きなんだろ?)

いまだ苦悶《くもん》の表情で逡巡《しゅんじゅん》し続けている大好きな人を、改めてじっと見つめた。

そしてふと気づく。神居の視線が美都から少し逸《そ》れていたことに。

いつだって怖いくらいまっすぐに見つめてくる神居だから、美都は彼に囚われてぐいぐい引っ張られてしまうのに、こうしてまなざしから外れているからぐるぐるといろんなことを考えてしまったのかもしれない。

これだけ言いづらそうにしているということは、彼の中でまだ時が満ちていないのではないかと思った。

恋人になるかどうかの判断を美都に委《ゆだ》ねるために、話そうとしてくれている。そのことは分かる。きっとそれほど重大なことなのだろう。けれど――彼がまだ話したくないと心のどこかで思っていることなら、聞かなくていい。

本当は知りたいけれど、いつかは聞かせてほしいけれど、まだいい。この人がこんなに苦しそうにするところを見ていたくない。

「尊琉さんは、僕のどこを好きになってくれたんですか?」

突然の問いかけに、ハッとしたように神居がこちらを見た。視線が合う。神居が美都を見てくれる。そのことにとても安堵《あんど》した。

「……初めて会った時、この子は私の仲間かもしれないと思った」

仲間とは、ぺろぺろフェチのことだろうか。なぜそんな誤解が生じたのか。手に垂れた蜂蜜を舐めたからだろうかと思ったが、舐めるのはただの蜂蜜好きか。

「やっと巡り合えたのではと心が躍った。……ずっと探し求めていたから。仲間を」

思いがけず深刻な言い方に、「初めて会った時」というのがメドヴェーチでのことではないのではと気が付いた。

（もしかして昔の話？　……どうしよう。いつ会ったんだろう）

あれから何度も思い出そうとしたが、実家で神居らしき少年に会った記憶などやはりなかった。山の中にポツンと建つ一軒家には、家族と親戚以外には時々村人が用事で訪れるだけだった。

「結局は違ったわけだが」

（違ったんだ。……仲間って、一体なんだろ。……やっぱりぺろぺろフェチの話？）

「なぜかとても気になって、もう一度会いたいと願っていた。人里離れて育ったあの子なら私を受け入れてくれるのではないかという勝手な期待をしていたのだと、今なら分かるのだが」

（……ん？　家の環境と、何か関係があること？）

自然の中で育ったなら心も柔軟だと考えたということだろうか。そういうわけでもないのだが。

「そして勇気を出して会いに行った」

（会いに行った？　……やっぱり実家に来てくれて会ったの？）

「まさかそこで、性癖に目覚めさせられることになるとは考えてもみずに。蜂蜜を夢中で舐めるきみの舌の赤さが、網膜に焼き付いて離れなかった。何日も眠れなかったのはあれが初めてで……その、恥ずかしながら、初めて抑えられない性衝動を覚えた」

（んんん？　なんの話？）

ますます分からなくなってきた。しかしぺろぺろフェチを彷彿《ほうふつ》とさせられる表現ではある。

「だから会ってはいけないと思った。どれだけきみに会いたくても、きみはまだ幼かったから」

（幼いって……あれ？　やっぱり昔の話？）

「必死に忘れようとした。ある程度上手くいっていたと思う。だが――実物が目の前に現れると、もう抗《あらが》えなかった」

なんだか途中の流れがよく分からなかったが、ようするに神居は、やはり美都の蜂蜜を舐める姿に惚れたと言っているのだろうか。……それだけが、彼の心を捕らえられた理由だろうか。

ツキンと胸が痛むが、そんなものは見ないふりをする。こんな自分でも、好きになってもらえるところがひとつでもあってよかったではないか。あとはどうやって、神居の心を捕らえ続けるかということ。

「尊琉さんは、どんな舐め方が好きなんですか？」

「美都が舐めるなら、どんなでも」

「っ、それじゃダメなんです。だって……尊琉さんに、好きでいてほしいから」

「可愛いことを……！」

クッと神居が身悶《みもだ》えたその時、レジャーシートに放り出していた美都のスマホが軽快な音楽を奏で始めた。これは家族からの着信音。画面に『晴人《はると》』と表示されている。すぐ下の弟だ。

「あっ、弟だ。すみません、出ます」

応答マークを押すと、『もしもしっ!?』と勢い込んだ声が聞こえた。

『兄ちゃん、まだ!? そろそろ着くか!?』『兄ちゃーん、晴くんが朝からずーっと兄ちゃんまだかってうるさいよー』『コラッ、健《けん》! 変なこと言うな』『お兄ちゃーん、聞こえる〜? 知華《ちか》だよ〜。この前テストで百点取ったよ〜』『ちー、そういうことは後で言え』——弟妹たちの声が洪水のように流れ出してきて、一気に現実に引き戻された。

実家に電話すると基本的にいつもこんな感じだが、今日はさらにパワーアップしている。

「晴人、健斗《けんと》、知華、落ち着きなさい。着くのは二時前くらいって言ってあっただろ? まだ一時過ぎじゃないか」

神居が「お兄ちゃんの顔だ」と囁き、片付け始める。美都も腰を浮かせたが、手で制された。

『もしもし、美都? 急《せ》かすみたいなことしてごめんなさいね。今、電話平気だったかしら?』

ドキッとした。義母だ。なんとなく姿勢を正して「うん、平気」と頷く。

『急がなくていいから、気を付けて帰っていらっしゃい。神居さんにもそう伝えて』

「うん、伝えるね。たぶんあと三〜四十分で着くと思う」

『了解。あ、それから、いつもトラックを駐めてた納屋の前ね、今ちょっとスズメバチがよく出るから危ないのよ。母屋《おもや》の玄関前に駐めてくれる?』

「うん、分かった。でもそれ大丈夫? 納屋にスズメバチの巣ができてるんじゃない?」

バッと神居がこちらを見た。その勢いに驚かされたが、照れたように微笑して片付けに戻る。

その反応は一体？

『納屋にはなさそうだから近くの藪《やぶ》の中だと思うのよね。一応、お父さんと晴人が駆除《くじょ》する準備を……って、これも別に今話さなくていいことよね。ちーのこと言えないわ。じゃあ、また後で』

「うん、また後で」

電話を切って、ホッと一息。片付けを手伝う。

「母が、急がなくていいから気を付けて帰ってきてって、尊琉さんにも伝えてほしいと」

「優しいな」

「……優しいです」

実家を出た理由まで話した神居には、もう隠すことはない。

「母さん、僕には怒鳴ったことないんです。弟たちはよく、コラーッて叱られてましたけど」

「それは美都が、叱る必要のまったくない『いい子』だったからではなく？」

「……どうでしょう。……あっ、祖父にはよく『コリャッ』って叱られました。僕は蜂蜜を採りに行く祖父の後ばかりくっついて回ってたから、無茶しようとした時はすぐに気づかれて『コリャッ』って。……怖かったけど、嬉しかったな」

くしゃくしゃっと頭を撫でられた。神居の大きな手に鼓動が揺れる。

「美都の家族に会えるのが楽しみだ。行こうか」

荷物を車に積み込み、再び走り始める。音楽をかけて、会話はない。黙って空間を共有できる心地よさと、自分たちの今の関係はなんなのか分からない不安定さが、少し微妙な心の距離を生んでいた。

ハンドルを握る神居の横顔を見つめると、胸がときめく。

この人の恋人になりたい。他の誰にも奪われたくない。もうこの気持ちだけでいいのではないかと美都は思う。

神居は違うのだろうか。

彼の『秘密』とは、一体なんだったのだろう。

話を聞いて、恋人になるか美都に判断してほしいと言っていたけれど、自分たちは今、まだ恋人になれていないのだろうか。

(……訊いてみようかな)

何度か衝動に駆られた。けれどもうすぐ実家に着くというこの状況で、感情が乱れるのが怖かった。

(帰りの車の中で、訊いてみよう。……お願いしよう。恋人にしてくださいって)

心に決めて、美都は助手席で気合いを入れた。

車にはナビがついているとはいえ、美都が道案内するまでもなく最後の山道に入った。この先に家があると知っている人でなければ、決して入っていかない獣道のような山道だ。

小中学生の時は、毎朝、父が村役場に出勤する車に乗せてもらって、そこから隣町の学校までバスで通っていた。帰りも村役場まで戻ってくると、父が仕事を抜けて家まで送ってくれた。時には村の人が祖父を訪ねるついでに車に乗せてくれたりもして、便利ではないけれど、人の温かさに触れられるこの村での生活が美都は好きだった。

山道をひたすら走ると、突然視界が開けた。立派な一軒家と、納屋が建っている。懐かしい場所。美都がいつまでも守りたい場所。

「あ、車、母屋の玄関の前に駐めてください。納屋の前は広いけど、最近よくスズメバチが出るんですって」

と話していたら、母屋の玄関が勢いよく開いた。

弟妹三人が飛び出してきて、美都は思わず「危ないから下がりなさい！」と怒鳴ってしまう。弟妹たちの後ろから、義母と父が続いて出てくる。約半年ぶりに見る両親の姿に、元気そうでよかったと安堵した。

ふと気づくと、神居が巧みにハンドルを捌《さば》いて車を駐めながら、にやにやしている。

「すみません、落ち着きのない弟たちで」

「中高生なら普通だろう。一番下の妹君は小学生だったかな？」

「はい。知華が小六、健斗が中三、晴人が高二です」

晴人は通信制の高校生だ。村で自給自足の生活を目指しているため義務教育だけでいいと晴人は言っていたが、勉強自体は好きだからと通信制で学ぶことで落ち着いた。

「尊琉さん？　どうしてそんなに、にやに……にこにこしてるんですか？」

「言い換えるところが美都だな。すまない。店では完全に末っ子キャラな美都のお兄ちゃんの顔を見せてもらえて、少々優越感に浸っていた」

「ええ？　僕、なんか違います？」

「私にはどちらも愛しい」

さらりと言い放つ神居に、カッと頰が熱くなる。どうしてこれで、自分たちはまだ恋人同士ではないのだろう。真顔になってしまう。

車から降りて、神居が両親と挨拶《あいさつ》を交わす。

「ご無沙汰《ぶさた》しております、神居です。いつも郵送で失礼してしまい申し訳ありません」

「とんでもないです。一志《かずし》さんと一緒に社長交代の挨拶にわざわざ来てくださっただけでも嬉しいことなのに、毎年お供《そな》えまで……本当にありがとうございます。散らかってますが、どうぞ入ってください」

義母のにこやかな答えに驚いたのは美都だけだった。

（一志さんって、尊琉さんのおじいさんだよね）

前社長で、現在は会長という肩書きを持つものの、究極の蜂蜜を探しに旅に出て帰ってこないと有名だ。神居の父親は現在も欧州支社の社長を務めている。

「お兄ちゃん、見て～。これ、テスト百点！」「やった！　俺の方が兄ちゃんより背ぇ高くなってる！」「兄ちゃん、兄ちゃん、昨日僕の部屋にクワガタが入ってきたんだよ～」——弟妹たちに群がられて一斉に話しかけられ、廊下でどんどん神居と離れていく。

神居は気になるが、可愛い弟妹たちにじゃれつかれては無下《むげ》にできない。

「百点すごいな、知華。がんばったな。晴人はちょっとまっすぐそこに立て。背伸びは認めないからな。健斗、クワガタ日記はまだつけてるのか？　後で見せて」

「コラーッ、今日はお兄ちゃん、お客様と一緒なんだから、あんたたちちょっと我慢しなさーい」

義母の叱責に、弟妹たちが唇を尖らせてブーイング。

「いえ、私のことはどうぞお構いなく。久しぶりの美都くんの帰省についてきてしまって申し訳ない」

「とんでもないです。むしろ美都を連れてきてくださってありがとうございます。忙しいのは分かってるつもりなんですが、なかなか顔を見せてくれないものですから心配で……」

受け答えはもっぱら義母だ。父はもともと社交的な人ではないからそれは予想通りだが、それにしてもやけに緊張しているように見える。

居間ではなく、応接間という名のただの和室に全員でぞろぞろ入る。

神居の願いで先に祖父の仏壇に線香をあげ、『琥珀の幻夢』詰め合わせをお供えした。

中身はすべて『琥珀の幻夢』だというその包み……今の美都には分かる。百グラム瓶《びん》が六つ入るサイズだ。スプーン一杯が一万円超えの蜂蜜の百グラム瓶が、六つ。……金額を考えるようないやらしいことはやめようと心に決めつつ、とんでもなく高額なものだということに家族は気づいているのだろうかとハラハラした。

それから改めて両親と向かい合って座り、就職先決定の報告をした。神居からも、

「責任を持って、美都をくんを幸せにします。従業員が安心して働ける場所を作ることが我々幹部の仕事ですから」

という際《きわ》どい挨拶をされて、ドキドキしてしまった。

（よく考えたらこれって……状況が違えば、お、おたくの息子さんをくださいい的なシチュエーションじゃない……？）

そんなことを考えてしまったら、頬の火照《ほて》りを抑えられない。

「……兄ちゃん？」

不審そうに晴人に顔を覗き込まれ、「今日結構暑いな」と必死に誤魔化《ごまか》した。

「それにしても美都がメドヴェーチさんに就職なんて、本当にびっくり……。おじいちゃんの蜂蜜以外、興味ないと思ってたのに」

義母がしみじみと言う。

口にはしないが、『琥珀の幻夢』も美都は好きではないと思っていたに違いない。二口目を決して食べなかったから。

本当の気持ちは言えない。言わないことが、自分を家族にしてくれたことへの恩返しだから。

しばらく店の様子や美都の仕事内容の話をした後、神居とふたりで祖父の墓参りに行くことにした。弟妹たちもついてくるとごねたが、珍しく父に我慢しなさいときつく言われて諦《あきら》めてくれた。その父はずっと緊張していたらしく、美都たちが腰を上げると同時に「トイレ！」と逃げるように姿を消してしまった。大丈夫だろうか。

玄関まで義母と弟妹たちが見送ってくれる。

「気を付けて、行ってらっしゃい。子どもの時みたいに素手で蜂の巣に触っちゃ駄目よ。おじいちゃんじゃないんだから」

「そんなことあった？」

祖父の名人芸は、素人《しろうと》が真似できるものではない。

「あったわよー。ヒヤヒヤしてたわよ。スズメバチ事件で懲《こ》りてくれたからよかったものの」

「スズメバチ事件？」

「覚えてないの？　五歳の時に、ミツバチの巣と勘違いしてスズメバチの巣を採ろうとして危なかったこと。たまたま熊が出て蜂がみんなそっちに攻撃しに行ってくれたから助かったのよ。そうじゃなかったら美都は今ここにいなかったんだから。熊には感謝よねぇ」

「うそ、何それ、ほんとに？　……僕はてっきり、蜂蜜を横取りに来た熊に襲われたとばかり」

「美都ひどい。熊も浮かばれないわね〜」

衝撃の事実に、頭がぐらぐらする。

熊恐怖症になった原因のアレが、美都の勘違いだったと？

「……浮かばれないって、まさかその熊……」

「おじいちゃんが助けたわよ。大事なエピネフリンを躊躇《ちゅうちょ》なく使うもんだからびっくりしたのなんの。人間用の薬が熊に効くかどうかも分からないのにね」

アナフィラキシーショックを起こした時のために、補助治療剤であるエピネフリンが家には常備されていた。義母が蜂に刺されて危険な目に遭《あ》ったことがあるため置くようになったらしい。

「おじいちゃんって動物好きだったの？」と知華が尋ねる。祖父が亡くなった時、妹はまだ物心ついていなかった。

「えー、俺の中では自分を助けてくれた熊でも容赦なく熊肉にしそうなイメージなんだけど」

「晴人正解。普段だったら迷わず熊肉ね。でもさすがに可愛い初孫の命の恩人……恩熊？　を、食べようとは思えなかったみたい」

（初孫？）

父の連れ子の美都と祖父は、血が繋《つな》がっていないのに。祖父にとっての初孫は、晴人なのに。

思わず晴人を窺《うかが》うが、「恩熊ってウケる～」とまったく気にしている様子はない。

「おじいちゃん、美都にはメロメロだったからね～」

「えっ!?」

「何びっくりしてるのよ」

可愛がってもらったと感謝はしている。けれどメロメロだとか初孫だとか、そんな風ではなかったと思うのだが。美都が祖父の蜂蜜が好きで、くっついて回っていたから。蜂蜜好きな無力な子どもを、邪険にできなかっただけだと思う。

しかし娘である義母から見るとそうだったのだろうか。そして義母はこんな感じの人だっただろうかと、今さらなことを思った。いつもはもっとよそよそしいというか……ごはん食べてる？　勉強がんばってる？　と、当たり障《さわ》りのない会話しかした記憶がないのに。それなのに今日は、たくさん話題が出てくる。

隣に立つ神居をそっと見上げた。この人がいてくれるおかげだろうか。不思議なことに、帰省するたびに家族に感じていた疎外感のようなものを、今日はまったく感じていない。

「美都を助けた熊が熊肉にされなくてよかったと私も思う」

唐突にそんなコメントをくれるものだから、思わず噴き出してしまった。

まだ話したそうにしている弟妹たちを振り切って、お墓に向かう。

納屋の横から続く細い山道を進むと畑があり、それを抜けると墓地がある。

この辺り一帯の山は昔から春原《すのはら》家の持ち物で、そこは春原家だけの専用墓地だ。代々のご先祖様が眠っている。

山自体は特に資産価値があるものではなく、現金収入には結びつかない。しかし先祖から代々受け継いできた大事な土地だ。

それにいつどこに咲くか分からない幻の花、『幻夢花《げんむか》』は、所有地のどこかに毎年花開いてくれるため、それにつられてやってくるたくさんのミツバチたちが美味しい蜂蜜を作ってくれる。

今でもこの山の中のどこかで、その営《いとな》みは繰り返されているはずだ。しかし祖父でなければ、それを見つけることができなかった。美都も父も挑戦してみたが、惨敗《ざんぱい》した。

(じいちゃんは、匂いで分かるとか言ってたな……)

「……美都、さっきの熊の話だが」

「あっ、すみません。僕、すごい記憶違いしてたみたいで……お恥ずかしいです。そのせいで熊恐怖症になったようなものなのに」

「ならばもう熊は怖くないか？」

期待に満ちたまなざしを向けられる。あれだけ克服に協力してきてもらったのだから、当然だろう。

「怖く……なくなってたらいいな、と思います。クマゴロウさんだったら大丈夫かも」

などと呑気《のんき》に話していたら、突然、道端の木陰から大きな生き物が飛び出してきた。

「ひっ！　く、まー……じゃない。父さん!?」

咄嗟に神居に抱き着いて怯えてしまったが、なんと生き物の正体は父だった。額に手拭いの鉢《はち》巻《ま》きを締め、手に野球のバットを持っている。完全に危ない人だ。

「美都、離れなさい！」

緊迫感に満ちた、迫真の演技。一体何が始まったのか。

弟妹たちが企《たくら》んだドッキリだろうかと思わず背後を窺うが、自分たち以外に人の気配はない。

「美都を誑《たぶら》かしてこの山を乗っ取るつもりか！」

「父さん？」

様子がおかしい。顔つきが完全にいつもの父ではなかった。

困惑して神居を見上げると、表情がなかった。すべての感情がすとんと抜け落ちたように、まっすぐ父を見つめている。

「山は渡さんぞ！　ここは春原の先祖から受け継いできた大事な土地なんだ！　おまえたちの勝手にはさせんからな！」

「失礼ですが、お話がまったく見えません。あなたは何を怒っているのですか？」

淡々と返した神居に、「しらばっくれるな！」と父が怒鳴る。こんな父を見るのは生まれて初めてだ。まったく知らない人みたいで怖くなる。

（どうしよ……母さんを呼んできた方がいいのかな……？）

義母なら事情を知っているのではないかと思った。

「どんなに金を積まれても、ここは売らん！　帰れ！」

「まさか、そのようなお話が？　誰からですか？」

「あんたら一族に決まってるだろ！　お、お、脅しになど屈しないからな！」

（一族……？）

その言葉が引っかかった。

それは神居が伝えようとしてくれていた、一族の『秘密』と何か関係があるのだろうか。

「父さん、落ち着いて。尊琉さんは誰かを脅したりするような人じゃないよ、絶対に」

「目を覚ませ、美都！」

神居が美都に「反論せず、彼の話を聞いてみよう」と耳打ちしたら、父が「離れろ！」と激昂《げっこう》した。そしてあろうことか、バットを振り回して「わーッ！」と襲い掛かってくる。

「ちょっ、父さん!?」

「美都、離れて」

ぐいっと体を押しやられる。神居は冷静だった。父の攻撃をひらりと躱《かわ》し、横からバットを摑む。バットが父の手から離れた。ホッとした……のも束の間、勢い余った父が藪へと頭から突っ込んでいく。

藪が荒れた。一瞬の沈黙の後、ブゥンという羽音が一斉に鳴り響く。藪の中から黄色い塊《かたまり》がブワッと舞い上がった。

（スズメバチだ！）

巣がそこにあったのだ。父が突っ込んだせいで巣が刺激され、大量のスズメバチが攻撃態勢に入ってしまった。

「父さん！」

駆け寄ろうとした。父を引き起こして逃げなければと。しかしその瞬間。

「来るな！」

怒鳴ったのは神居。

そして……ぐわーっと体が膨張《ぼうちょう》していく。

夢を見ているのだろうかと思った。

膨張した体は衣類を破り、ぶわっと黒い毛に覆われる。それはいつだったか映画で見た、狼《おおかみ》男《おとこ》の変身シーンとよく似ていた。

姿が変わっていく。人間から、毛むくじゃらの生き物に。

みるみるうちに——熊に、姿を変えた。

「——っ⁉」

目の前で起こっていることが信じられない。

これは現実だろうか。夢ではないのか。人間が熊に変身する……そんなことがありえるのか。

「うわぁっ!?」

父が熊に気づいて叫ぶ。

這いずって逃げようとした父に熊が覆いかぶさる。父の顔が恐怖に染まる。熊は父の胴体を両手でガシッと挟み込むと……ブンッ！　美都の方に投げて寄越した。

反射的に父を抱き留める。受け止めきれなくてふたりして転んでしまった。その頭上をブゥンと羽音が横切った。父を狙っていたスズメバチが空振りをして、急旋回《きゅうせんかい》。再びこちらに向かってくるのが、スローモーションのように見えた。

「走れ！　家まで！　振り返るなッ！」

熊が叫ぶ。神居の声で。

熊は手を振り回し始めた。そんなことをしたら余計に蜂を刺激してしまうと知らないのだろうか。案の定、スズメバチの大群が襲い掛かる。

ただでさえ熊は、蜂にとっては人間より天敵だ。あんなふうに暴れたら、すべての蜂が集中してしまう。

（あっ、だから!?）

神居がわざと自分におびきよせているのだ。事実、美都たちに向かっていたはずの蜂はいつの間にかいなくなっていた。

ブンブン飛び回るスズメバチの中、熊は大きな動作で手を振り回し続ける。苦し気な呻《うめ》き声が幾度も上がるのは、きっとそのたびに刺されているから。――この光景に見覚えがある。そう感じた瞬間、頭の中に映像が流れ込んできた。フラッシュバックする記憶。あれは……そうだ、五歳の時。

蜂蜜を採ろうと、美都は樹に登っていた。樹の上に見たこともないくらい大きな蜂の巣があり、たくさん蜂蜜が入っているだろうと思った。ミツバチとそれ以外の蜂の巣の違いは祖父からさんざん言い聞かされていたはずなのに、初めて自分で見つけた蜂の巣に興奮して区別がつかなくなっていた。

樹に登り、手を伸ばす。祖父はいつも「おう、山のお仲間よ。ちょいと分けてくれよ」と飄々《ひょうひょう》と言って素手で蜂蜜たっぷりの巣を摑み取っていたから、美都も真似をしようとしていた。けれどそんな美都の前に、黄色い大きな蜂が飛んできて、カチッカチッと何かを弾くような奇妙な音を立て始めた。蜂も鳴くんだ、と美都は思い、さらに巣に手を伸ばし――ブワッと中から黄色い塊が飛び出してきた。それに驚いた直後、もふっとしたものが全身にぶつかってきて、地面に投げ出された。

気が付いた時には、少し離れた場所で、熊が怖いくらい手を振り回していた。地獄にいるかのような苦悶の咆哮《ほうこう》も相まって、恐怖に声も出なかった。目の前の光景が、ただただ怖かった。

熊の声を聞きつけた祖父が駆けつけてきて、動けずにいた美都を助けてくれた。

その時祖父は、熊に向かって叫んだはず。――「カムイの者か⁉」と。確か、そんなふうに。

(あれは――あの熊は、尊琉さんだったの⁉)

「よよよしとっ、はやっ、にげ…っ」

ガタガタ震える父に引っ張られ、映像はプツッと途切《とぎ》れた。現実に引き戻される。一瞬の間にものすごく長い夢を見ていたような感覚だった。

目の前でスズメバチの大群に襲われている熊——神居を助けなければと思った。

その熊が本当に神居なのかとか、なぜ人が熊に変身したのかとか、立ち止まって考えている場合ではない。あんなにも刺されたら、命の危険がある。しかも五歳の時に美都を助けてくれた熊も神居だとしたら、この状況は二回目。事態は予断を許さない。

（エピネフリンを取ってこなきゃ！）

それから殺虫剤。スズメバチ専用のものが家にもあるはず。とにかく素手では戦えない。

（尊琉さん、待ってて！）

グッと腹に力を籠めて、彼に背を向けた。身を低くしたまま父と一緒に家へと走る。蜂から逃げる時は走らないというのが常識だが、それは無闇に刺激しないようにということ。今はもうそんな段階ではない。

父が恐怖からか足を縺《もつ》れさせる。転ばないように肩を抱き、必死に前へと進んだ。

納屋まで戻ってきた時、巣から離れていたらしい一匹のスズメバチに遭遇《そうぐう》した。慣れているはずの父がパニックを起こし「ひぃぃっ！」と手を振り回す。

「父さん、だめっ！」

美都は咄嗟に父に覆いかぶさった。すぐ耳元で羽音がして、腕に燃えるような熱が弾ける。

「痛ッ」

「美都!?」

「じっとしてて!」

動いては駄目だ。こちらに攻撃する意思がないことを示さなければ。蜂は己や巣が危険に晒《さら》されなければ攻撃してこない。それはミツバチもスズメバチも同じこと。

しばらく息を潜《ひそ》めていると、蜂が遠ざかっていく気配がした。腕がじんじんと熱を訴えてくる。

けれどそんなことどうでもいい。

「父さん、エピネフリン取ってきて! 早く!」

「おっ、おう」

父が母屋に走り去っていく。美都はスマホを取り出し、秋日の番号を呼び出した。手が震えて上手く操作できないのがもどかしい。電話をかける。コール二回目で繋がった。

『はーい、お疲れさまです~。ご実家はどうで…』

「尊琉さんがスズメバチに刺されました! 対処方法を教えてください!」

『人の姿で? 熊で?』

さらっと訊かれる。当然という口調で。

「熊です!」

『よかった。なら助かる可能性がアップします。社長の車はすぐ近くにありますか?』

「あります!」

『運転席に一族用のエピネフリンがあるはずです。それで応急処置をお願いします』

一族用の――。『秘密』とは、そういうことなのか。

熊に変身する人間の一族なのか。

母屋の玄関から父が転がるように出てきた。後に母と弟妹たちも続く。

秋日と話しながら、美都も母屋へ向かった。玄関前の車からエピネフリンを出さなければ。

「他には!? 応急処置の後、どうしたらいいですか!? 病院は…」

『ドクターヘリの出動を要請しました。場所はご実家ですね？ 十五分ほどで到着します。着地する場所はありませんね？ 担架《たんか》で吊り上げる形になるので、ヘリが到着したら人の姿に戻らせてください』

「どうやって!?」

『意識を失っていたら叩き起こして、医者が来ると伝えてください。あとは社長のコントロール次第です』

父が家から持ち出したエピネフリンを美都に打とうとしたが、「僕じゃない！」と叫んで車のドアを開けようとする。しかしロックされていた。鍵は神居が持っているに違いない。なんとかして開けなければともがいていると、「窓壊していいか!?」と晴人がハンマーを振り上げた。そんなもの一体どこから。

窓が割れる。すかさずロックを解除して、ドアを開ける。運転席に視線を走らせる。足元の発《はっ》煙筒《えんとう》の横にもう一つ細長いものを見つけた。

「エピネフリンありました！」

『このまま通話状態で処置に当たってください。ヘリには美都さんも同乗して。私は直接、搬送予定病院に向かいます』

「分かりました！」

バッと踵《きびす》を返すと、「美都！」と腕を摑まれた。ものすごい痛みが走る。刺されていたのを今頃思い出した。

「どこ行く気だ!?」

「尊琉さんのとこ！」

「あんな化け物…」

「大事な人なんだよ！」

「人じゃないだろ!?」

「どっちだっていい！」

思わず叫んだが、心が決まっているわけではなかった。深く考えてしまわないように、あえて思考停止させていた。そうしなければ行動にためらいが出る気がしたから。そしてそれは、おそらくあの熊の——神居の生死を分けることになる。

「放して！　早く助けなきゃ！」

「無駄だ！　あんなに刺されたら生きちゃいない！　戻ったら美都まで…」

「っ！　そうだ殺虫剤！　母さん、スズメバチの殺虫剤あるよね!?　ちょうだい！」

「兄ちゃん、俺が行く」

ずいっと割り込んできた晴人は、白い防護服に身を包んだ完全なる駆除スタイルだった。

「えっ、何それ、なんで……」

「納屋の近くにあるなら駆除しようと思って村役場で借りてた。蜂の巣、どこ？」

「その服貸して！　僕が…」

「ダメ！　兄ちゃんは訓練受けてないだろ！」

逡巡した。大事な弟を危ない場所へ連れていかなければならないこと、神居が熊の姿をしていること、躊躇する点がたくさんある。しかしそれらすべての心配事を神居の命と天秤《てんびん》にかけることはできなかった。

「――っ、ごめん、晴人！　力を貸して！」

「任せて！」

晴人がダッと走りだす。父の手を振り払い、美都も続く。

「美都！　救急車に連絡は!?」

義母が叫ぶ。

「いらない！　ドクターヘリが来てくれるから、こっちにいるって伝えて！　母さんたちは絶対こっちに来ないで！」

納屋を通り過ぎて美都を待っていた晴人に、「まっすぐ！」と示す。父が追いかけてきた。制止されても絶対に聞かないと、必死に足を動かす。けれど思うように前に進まない。刺された腕が思った以上に熱を持ってきた。

晴人はどんどん進んでしまう。「うわっ！　熊!?」と聞こえてきた。

「そのく…っ」

その熊の周りにいる蜂を駆除して。そう叫びたかった。けれど急に眩暈《めまい》がして、頽《くずお》れてしまう。

ガシッ、と体が支えられた。父だ。

「晴人！　その熊を助けるんだ！　熊に殺虫剤がかからないようにしろ！」

そう怒鳴りながら美都を地面に座らせ、手に持っていた注射器を太腿の内側に突き立てた。

「なん、で……」

「熊男の分はそれだな!?」

美都の手から、一族用のエピネフリンをもぎ取り、父は再び走りだした。

すぐに追いかけたいのに立ち上がれない。ぐるぐると視界が回る。胸が苦しくて息ができない。

自分がアナフィラキシーショックを起こしていることに、朦朧《もうろう》とした意識の中でようやく気づいた。

（尊琉さん……！）

行かなきゃ。早く助けなきゃ。心から願うのに、体が動かない。苦しくて苦しくて涙が溢《あふ》れた。

（いやだ、尊琉さん……！　いかないで……！）

意識が途切れそうになった時、どこからか美都を呼ぶ声が聞こえてきた。それがスマホの向こうにいる秋日の声だということに、ハッと気が付いた。そのおかげで意識が繋ぎ止められる。

『美都さん、大丈夫ですかー!? 生きてますかー!?』

いつもほどではないけれど、どこか間延びした秋日の呼びかけに、ふっと笑ってしまった。苦しいのに、笑わされる。そのことにひどく救われた。

「……っ、はい、っ、いきて、ます」

『よかったです〜』

呼吸がだんだん楽になってきた。父が打ってくれた薬が効いてきたらしい。まさか自分が、たった一回蜂に刺されただけでアナフィラキシーショックを起こすとは思っていなかった。

ようやく動けるようになり、ふらふらと前に進み始めた。父と晴人の姿が見えた。そしてその足元に——熊が横たわっている。

心臓が嫌な音を立てた。熊はピクリとも動かない。

蜂の駆除をちょうど終えてくれたところらしく、父が熊に近寄り、注射器を足に突き立てた。

「尊琉さん……!」

「兄ちゃん、平気か!?」

晴人が駆け寄ってきて支えてくれる。防護服のフェイス部分のみ、ファスナーを開けて顔を覗かせていた。

「晴人、刺されてない?」

「俺は平気だよ。それより……あの熊って」

困惑するのは分かる。美都も明確に答えられず、ただ熊の——神居のもとに向かった。

父が呼吸や脈の確認をしてくれている。美都も傍《かたわ》らに膝をついた。

(……これが、尊琉さん？)

本当に？　これは現実なのか？　――目の前で変化したのに。美都と父を身を挺《てい》して助けてくれたのに。それなのにこれは夢ではないかなどと考えてしまう自分が情けない。

緊張に生唾を飲み込みながら、手を伸ばした。

怖い。どこからどう見ても熊で、かっこいい神居の面影はどこにもなくて……手が震えた。

(夢じゃない……？)

この期《ご》に及んでそんなことを思った。伸ばした手を、引っ込めそうになってしまった。

けれど……もしもたとえ夢だとしても、神居が自分と父を助けてくれたことには変わりない。むしろ夢であってくれと思った。神居がこんなつらい目に遭っていなければいいと、願掛けのような気持ちで手をグッと伸ばす。

もふっ。

手のひらに覚えのある感触。そして体温。

現実だ、と当たり前のことを美都は悟った。今ここで起こったことはすべて現実だ。神居が熊に変化して、自分たちを助けてくれた。そして神居は生命の危機に晒されている。

理解した途端、腹の底から恐ろしく暗い感情が噴き出してきた。怖い。怖い。怖い。――このひとを、失うことが怖くてたまらない。

「尊琉さん！　死なないで!!」

もふもふの体に抱き着いて、美都は叫んだ。

「うっ」と熊が身じろぐ。

苦しそうに、本当に微《かす》かな呻き声だったが、確かな生命反応にブワッと涙が噴き出してくる。

（生きてる……！）

「尊琉さん、がんばって！　お願い、生きて！」

「美都、あまり揺さぶるな。あと、たぶん……あまり抱き着くと痛いはずだ。全身がボコボコに腫《は》れてる」

父の言う通りだった。毛皮で判別しにくいが、腕も、肩も、顔も、足も……あらゆる場所が腫れている。一体どれほど刺されたのだろう。どんなに痛いだろう。考える端から涙が零れる。

どこかに触れていたくて、手のひらを合わせた。熊の大きな手は、合わせると優しい温かさを伝えてくれる。

「尊琉さんがんばって、がんばって……！　お願いだから僕をひとりにしないで……！」

「兄ちゃん？」と不審そうに晴人に呼ばれた。

「……なあ、兄ちゃん、さっきから何言ってんの？　変だよ……それ、熊だろ。あの人を……神居さんを助けるんじゃなかったの？　父さんもなんで、この熊に薬打ったの？　……変だろ。ありえないだろ……」

説明してあげられる余裕が美都にはなかった。父も何も言わない。

沈黙が流れる。美都は熊の手を握り、祈り続けた。そんな時間が永遠に続くかと怖くなり始めた頃、バラバラバラ……と遠くの空からヘリコプターらしき音が聞こえ始めた。

バッと空を見上げる。木々で視界が遮られ、姿は見えない。しかし確実に音は近づいてきている。

「尊琉さん！　尊琉さん、目を覚ましてください！　お医者さんが来ます！　起きて！」

もふもふの顔を両手で挟み、鼻先がくっつきそうな距離で叫ぶ。手のひらに感じるもふっとしたものが、もう怖くない。

「尊琉さん！」

ごつんっと額を合わせた。「お願い、目を開けて……！」ぐりぐりと額をこすりつけると、眉間がピクリと動く。

「尊琉さん!?」

ゆっくりと瞼《まぶた》が上がっていく。

漆黒の眸が見えた。ぼやけていたそれが焦点《しょうてん》を結んだ時、ああ、この人は間違いなく神居尊琉だ、と確信した。美都を認めた瞬間に、その眸に愛情が溢れたのを確かに見たから。

「……ぶじ、か？」

掠《かす》れたその声は、きっと美都にしか聞こえなかった。すぐ頭上に到達しているヘリコプターのプロペラ音と風による木々のざわめきでかき消されていた。

「無事です！　尊琉さんが助けてくれたから！」

ホッとしたようにまなざしが和《やわ》らぐ。

どうしてこんな瀕死《ひんし》の状態で、そんな穏やかな表情ができるのだろう。

美都の目から、新たな涙がブワッと溢れた。

「尊琉さん、……愛してます」

言葉が勝手に零れる。胸がいっぱいで、たまらず唇を寄せた。大きな熊の口の、一番尖ったところにキスをする。

僅《わず》かに目が見開かれた。そして……しゅうぅ、と、まるで風船がしぼんでいくように、手のひらに感じていたもふもふの感触がみるみるうちに消えていく。最後に残ったのは、皮膚の感触。

神居は人間の姿に戻っていた。均整の取れた肢体が、一糸まとわぬ姿で晒されている。ただしあらゆる場所が腫れあがっている痛ましい姿だった。

美都は慌ててシャツを脱ぎ、神居を包む。

上空から担架が降りてくるのが見えた。これで適切な処置が受けられる。きっと神居は助かる。絶対に助かる。

（神様、尊琉さんを助けてください……！）

助けてくれるなら他の何を失ってもいいと、心の底から美都は祈った。

＊　＊　＊

「社長はね～、一族の中でも特別なんですよ。あそこまで完璧に変化できる個体が現れたの明治初期以来なんで。私なんてせいぜいこれだけです〜」

と言って、秋日はぽこっと頭にミミを生えさせた。おしりも付き出して、ズボンの下に丸いしっぽがあるのを輪郭《りんかく》で見せてくれる。驚いたが怖くはなかった。

神居と一緒に近くの街の病院に収容された後、秋日が神居家の自家用ヘリで一族かかりつけの医療チームとともに駆け付けてすべての対処をしてくれた。美都はただ神居の手を握っていることしかできなかった。

今、神居は特別室で集中的に治療を受けている。ここは小規模の私立総合病院で、その一角を神居の医療チームが間借りしているという形だ。危機は脱したが回復を速めるために熊の姿を取っていて、関係者のみが出入りできるように厳戒態勢を敷いている。美都も秋日が一緒でなければ特別室に近寄ることさえ許されない。

美都も処置を受け、念のため一晩入院することになった。さっきまで車で追ってきてくれた父と義母がいたが、今日は帰ってもらった。詳しい話はまだできていない。

秋日は神居の付き添いだが、今は美都の病室に様子を見に来てくれている。

「先代社長の曾祖父《そうそふ》もそこそこフル変化できるんですが、完成度にムラがあるんです。あとは専務の徳介《とくすけ》さんが頭部だけ、そのお嬢さんの舞姫《まき》さんが手足だけ変化できます。うちの母——社長の姉に当たるんですが、母は子どもの頃に一度だけ、フル変化できたことがあるそうです。だから一族内で一応は発言権があります」

「……あの、変化できることと、発言権って、関係あるんですか？」

「大ありですね～。神居一族にとって変化の能力は完全にヒエラルキーと一致しますから」

「それって、本人の努力では……」

「どうにもならないですね～。だからこそ社長に対しては大人も子どもも完全に憧れの目で見て、目の前に現れたらひれ伏す勢いです。店に一族の者は数名しかいませんが、本社は特に多いので、訓示《くんじ》の時とかちょっとした見ものですよ～。社長のすることには誰も逆らわないし、むしろ我先にと社長の望む通りに振る舞おうとしますからね～」

ふと、いつだったか先輩社員たちが話していたことを思い出した。社長就任直後に行った大改革で、幹部の誰からも反対されなかったということ。その理由が、『尊琉さんは神居家の正当な当主だから』だったこと。

「どうしてそこまで？　中には反発する人もいるんじゃないですか？」

「いないです。本能なので」

「本能？」

「なんでか分からないけど、刷り込まれてるんですよね～、体に。変化能力の強い個体に、従属したいという欲求があるんです。私こう見えて、曾祖父《そうそふ》と叔父と母がフル変化できるという超サラブレッドなんですけど～……」

またしてもケモミミを生えさせて、コミカルにぴくぴくっと動かしてからすぐに消す。なるほど、ケモミミは自由自在に操《あやつ》れるらしい。

「こんな私でも、社長には結構たびたび全面降伏したくなっちゃいます～」

ほわーんとした口調で言われているから、そっか〜、と聞いてしまえるが、実はかなり重大なことではないだろうか。

「それって、もし尊琉さんが間違ったことをしていても、誰も咎《とが》めないってことですか？」

「『間違い』って、誰が決めるか知ってますか〜？」

「……え、と？」

「世間です。極端な例ですけど、火星からやってきた宇宙人の使節団を殺して『侵略を防いだ！』って主張を世間が支持したら、その行為は『間違い』ではないんです〜」

それは、神居がすることに「間違いは存在しない」という意味か。

一族の者が世間だから。神居のすることを妄信しているから。

その状況を想像したら、ゾッとした。

自分の決めたことに一族は絶対的に従う——自分が一族の未来を決めてしまう。それを楽しめるとしたら、その人はきっと根っからの独裁者だ。

しかし神居は違う。相手の意思を尊重して、みんなを幸せに導こうとしている。

それなのに同じ秘密を分かち合う仲間たちからは一方的に頼られてしまうとしたら——それはなんて孤独だろう。

（……だから尊琉さんは、あんなにも『完璧』だったのかな）

『間違い』があってはならないと、己を戒《いまし》め続けて生きてきたに違いないから。

彼の孤独を想像したら、胸が切なさで張り裂けそうになった。

態に変化するなんて、正直なところ、受け止められていないのに。よりにもよって熊だということが美都を苛《さいな》むのに、それでもあの大きな体を抱きしめてあげたいと思った。怖いのに。混乱しているのに。それでも今すぐ神居の傍に行きたい。

「ちなみに私が、こんな頼りない若造のくせに社長秘書なんて大層なお役目を仰《おお》せつかっているのも、そういうわけです～。ケモミミとしっぽ程度でも一族にとっては強者だから、『社長からの指示』を伝えても反発されないんです～」

なるほど。ただ血縁だからというわけではない、深い理由があったらしい。

「それにこれは自慢ですけど、私くらいなんですよ～一族で社長にツッコミ入れられるのって。子どもの頃から調教されてきましたからね！」

「ちょ、調教ですか？」

「ですです。おまえのマイペースを保て、無条件に従うな、ってずーっと言われ続けて育ったおかげで、こんなゆる～っとした感じになっちゃいました～」

確かに秋日は一般的な『秘書』のイメージをことごとく裏切ってくれるが、それこそが神居には必要だったということか。

「たぶん社長は私が生まれた時から、こうして傍に取り立てるつもりだったんじゃないかなーって思います。サラブレッドだし、ミミとしっぽくらいは生やせるし、叔父と甥だからある程度遠慮なしの関係も作れるし」

羨《うらや》ましいと思ってしまった。自分なんて、出逢ってまだ二ヶ月ちょっとなのに。

（……あ、違う。僕が五歳の時に助けてもらってるから、一応は再会ってことになるのか）

神居が言っていた「会ったことがある」というのは、そういうことだったのか。それは会ったとは言わない。助けたと言うのだ。恩着せがましいことなど一切口にしなかった神居に、これ以上かっこいい人がいるだろうかとせつなくなった。

（……人間の姿で会いたかったな）

美都が五歳ということは、神居は十五歳。まだ少年だった神居と遭遇できていたのに、なんだか悔しい。

「今後の対策のために確認させてもらいますが、美都さんは社長と無事に恋人になったんですよね？」

不意打ちの質問に、思わず噎《む》せる。

「よかったです〜。これで業務中の蜂蜜プレイに冷や冷やしなくて済みます〜。今度からはプライベートでお願いしますね」

真っ先に言うべきことはそれなのか。そもそも蜂蜜プレイなどしていないし。ツッコミたいところは山ほどあるが、それよりも確認すべきことが。

「男同士なのにって、反対しないんですか？　……あっ、まさかこれも、尊琉さんが決めたことだから本能で従うってことですか？」

「うーん、私の場合はどちらかというと、初恋の相手に再会できて浮かれまくってる叔父がおもしろくてうっかり応援しちゃった感じでしょうか。ほんと、いきなり『口説く』宣言ぶちかまして蜂蜜をぺろぺろさせようとした時には『殿のご乱心じゃ～！』って騒いだ方がいいのか悩んじゃいましたよ～」

「え？　え？」

「時代劇好きなんですよ～」

そうなのか。だがそこじゃない。

「えっと、その、……は、初恋？」

「なんと。まさかのご存知《ぞんじ》でない？」

おずおず頷くと、「あらら～」と呟いて「じゃあ続きは、社長に聞いてください」とバッサリ話を切られてしまった。食い下がろうとしたけれど。

「そういうわけで私は社長と美都さんの関係に賛成ですが、一族の中には猛反対する者もいると思います。とりわけ専務。自分の娘をなんとか社長と結婚させようと必死ですから～」

「結婚!?」

「もちろん社長はまったく相手にしてませんよ～。ただ年齢とか変化能力とかでまあまあ釣りあっちゃうんで、応援してる人がいるっていうのが厄介なところで」

あんなにかっこいい人だから恋人がいるかもしれないと胸が痛んだことはあるが、まさか嫁候補がいるなんて考えたこともなかった。それが神居の意思でなかったとしても。

「社長のことだから、美都さんと恋人になれた暁《あかつき》には一族に認めさせる計画もすでにがっつり立ててると思います。何せ、社長が『決めた』ことには我々は誰も逆らえませんから、そりゃもう揺るぎない綿密《めんみつ》計画かと。なのでもし入院中に専務親子から変なちょっかい出されても、スルーしていきましょう。私も全力サポートしますから～」

「……ありがとうございます」

お礼を言いつつ、一族に認めさせる計画ってなんだろう、ちょっかいってなんだろう、とぐるぐるする。

そもそも認めさせるとは……まさか恋人だと公《おおやけ》にするということか。

男同士で、微妙に種が違って、社長とインターンで、あまりにも違いがありすぎるこんな自分が、彼の恋人だと知られてしまってもいいのだろうか。

神居はどう考えているのだろう。彼の心が聞きたい。……早く会いたい。

「ちなみに専務は、社長から見ると祖父の従姉妹の子ども、つまり遠い親戚です。元々は苗字《みょうじ》も神居ではありませんでした。でも一族にとって変化者はとにかく強いので、変化できるってだけで中央にポーンと躍り出ちゃうんですよね～。そしてそういう人は、変に野心持っちゃったりする傾向があります。困ったものです～」

「……尊琉さんのおじい様は、それについて何かおっしゃってるんですか？」

社長職を退いたとはいえ、ヒエラルキーは変わっていないはず。

「自分の嫁くらい自分で決めたいよなーって、笑い飛ばしてますね～。でも放浪の旅に出てて、なかなか帰ってこられないから」

「そういえば、さらなる究極の蜂蜜を探して世界中を旅してらっしゃるとか？」

「もちろんそれもあるでしょうけど、それより『仲間』探しをしてるんだと思います」

「仲間？　一族のですか？」

ハッとした。『仲間』。それは神居が語ってくれた、美都に初めて会った時のエピソードで出てきた言葉。

「いえ、神居一族のように熊に変化できる一族が、他にもいるんじゃないかーって。若い頃からずっと探してて、五郎太《ごろうた》さんを訪ねたのも変化者ではと疑ったからだそうです」

「えっ、どこに疑う要素が……」

「あまりにも蜂蜜採りが上手いから。あんなに極上の自然の蜂蜜を採れるなんて『蜂蜜の在り処を知るもの』に違いない～って」

「それだけで？」

「それだけですけど、そう疑いたくなるくらいすごいことだってお分かりですよね？」

確かに祖父の生前は、世界中から蜂蜜を買いたいという問い合わせがきていた。

「それで会いに行って正体をバラしたものの、五郎太さんは普通の人間で、あわや一族の秘密漏《ろう》えいの危機か――と思いきや、すっかり仲良くなって『幻夢花』を分けていただけたそうです」

「え、そういう感じなんですか？」

「ええ、そういう感じです。なんか、行き当たりばったりに行動して周りをハラハラさせるけど結局うまくいく～みたいな、自由人です」

イメージ的には前社長には、神居よりも秋日との濃い血の繋がりを感じてしまう。

「今回のことはすでに連絡したので、そのうち帰国してくれると思います。社長が仕事に復帰できるまで、専務に実権を握られたら厄介ですからね～」

「……すみません。僕のせいで」

秋日には顔を合わせてすぐに謝っているが、もう一度改めて頭を下げる。

「それは言っても仕方のないことですよ～。第一、社長はまったく悔やんでないでしょう。とにかく我々は力を合わせて、社長が戻るまでメドヴェーチを守りましょう。えいえいおー」

釣られて拳を振り上げた。

翌日、美都は退院することになり、秋日に付き添ってもらって特別室を訪れた。

神居は熊の姿で眠っていた。一夜明けて見る姿に、やっぱり夢じゃなかったんだ、と微かに足が震えた。そんな自分が情けない。

（これは尊琉さんなのに……）

頭では分かっているつもりだが、目を瞑《つむ》ってベッドに横たわり、いくつもの点滴に繋がれているという状態だと、彼が本当に神居だと確信できる要素がまったくない。

傍らでは秋日がぽこんとケモミミを生えさせて「はうぅ～ん、社長のもふっぷり、病床においてもかっこよさマックスです～」ととろけているというのに。神居のかっこよさが理解できないことがなんだか悔しい。

「尊琉さん」と呼びかけてみるが、薬で深く眠っていて反応はなかった。

「こっちの姿で安静にしてたら、三日もあれば話せるようになりますよ～。それまでの辛抱です」

秋日の慰めに頷いて特別室を後にしてから気が付いた。自分が神居の手ひとつ握らなかったことに。

自分たちを身を挺して助けてくれて、今もまだ戦っている大好きなひとに、触れたいと考えなかったことがショックだった。

（……僕、本当に尊琉さんが好きだよね？）

彼を想うと胸が締めつけられるのに、彼の一部である熊姿をまだ受け入れられていない。

そんな自分が情けなくて、悔しくて……。けれど今すぐ戻って彼を抱きしめたいなんて、そんな自分勝手な我儘《わがまま》は言えない。

彼のために何ができるだろう。今、自分にできることはなんだろう。

「社長がこちらにいる間、美都さんも残りますか？　店の方にはシフトを外してもらえるよう、私から連絡を入れておきますし」

「……ここにいて、僕が尊琉さんのためにできることって何かありますか？」

「うーん……応援ですかね？　目が覚めた時に美都さんが傍にいてくれたら、社長も喜ぶんじゃないでしょうか」

「僕は、逆に気を遣《つか》わせてしまうのではないかと思います。きっとつらいのを隠して『美都のせいじゃないよ』って言ってくれるんじゃないかなって。無理をしてでも」

「あ〜、それは確かにありますね〜」

「だったら、僕は先に東京に戻ってます。せめて、尊琉さんが留守にするメドヴェーチを守れるよう、お手伝いをしたいです。……お店でも僕にできることなんて限られてますが」

秋日は反対しなかった。「でしたら、社長の様子はこまめにお知らせしますね」と請け負ってくれた。

それから美都は実家に戻り、父と晴人に話を聞いてもらった。神居が熊に変化する能力を持つ一族であること、美都が彼を愛していること。正直に、すべて包み隠さず。

ふたりとも理解できないと嘆き、美都に翻意《ほんい》を迫った。けれど美都は絶対に頷かなかった。もう彼を独りにしないと決めたから。

義母と弟妹に真実を話すかどうかは、父と晴人に任せることにした。「言ったってどうせ信じねぇよ」と吐き捨てる晴人の気持ちも分かる。家族に対して秘密を抱えさせてしまったことが、申し訳ない。

理解を得ることはできなかったが、父が思い詰めていた「土地を売れと迫られている」件については、有力な情報が得られた。連絡を寄越しているのは神居の代理人弁護士と名乗る人で、父は名刺を持っていた。美都はそれを預かり、秋日に報告した後、東京に戻った。

神居の車は秋日が回収の手配をしてくれていた。彼の細やかな気配りはさすがだ。

秋日のように、神居の役に立てる人間になりたい。

＊　＊　＊

明けて、月曜日。

出勤すると、店は神居入院の話題で持ちきりだった。

スズメバチに刺されてアナフィラキシーショックを起こしてしまったこと、危険な状態は脱したがしばらく静養することなどが朝のミーティングで総括マネージャーから告げられると、安堵と心配、そして社長の不在期間は自分たちがしっかりしなければという声が誰からともなく上がり、一致団結した。

(これが、尊琉さんの作った『メドヴェーチ』なんだな……)

ほんの二ヶ月ちょっと前までまったく関わらずに生きてきたことが信じられないくらい、今はこの場所が誇らしい。

恋人としてできることがなくても、せめて一従業員として精一杯務めたい。

玄関前のクマ執事の世話も買って出る。開店前のブラッシング、制服チェックからの、店頭への移動。もふもふの毛並みに真正面から向き合うのは初めてで心臓がバクバクしたが、これは神居だと自分に言い聞かせてがんばった。

「春原くん、すごいな! 社長との特訓の成果が表れてるんだな」

菅井《すがい》が目がなくなるほど全開の笑顔で褒めてくれる。なんだか懐かしくて、泣きそうになってしまった。たった二日、店を離れていただけなのに。

あまりにも濃密だった週末は、美都を大きく変えた気がする。

先週までとは店に立つ心構えも、物事の見え方も、何もかもが違う。自分が生まれ育ったここが世界のすべてだと信じ切っていたのが、実はパラレルワールドが存在したと知ってしまったみたいな、不思議な感覚だった。

実際、熊に変化できる一族が存在するなんて、美都にとってはこれまでの常識を根底から覆されたと言っても過言《かごん》ではない。

自分は今まで、なんて狭い世界で生きていたのだろう。

(店にも一族の人が何人かいるって、秋日さん言ってたよな……)

一体誰だろうと同僚たちを観察してみたが、まったく分からなかった。案内人はみんな蜂蜜オタクで、案内人以外の従業員もみんな蜂蜜とメドヴェーチが大好きで、神居の留守を守ろうと心を合わせている仲間だ。何も変わらない。

美都から見た世界は大きく変わってしまったのに、その中でも変わらないそのことこそが、きっと真実なのだと思った。

(……誰が一族でも、一族でなくても、どっちでもいいや)

一日が終わる頃には、そう思っていた。

店が終わると大学に向かいながら、秋日と連絡を取り合った。

神居は刺された場所の腫れもようやく引いて、少しなら起き上がれるようになったらしい。けれど喉が炎症を起こしていて、声が出せない。そして熊の手ではうまくスマホも扱えず、まだ直接のやり取りができなかった。

『美都さんの写真を、社長のために送ってください』なんてメッセージが秋日から届いたから、美都は悩んだ末に、蜂蜜の瓶を手にポーズを決めて秋日に送った。

しばらくすると『ぺろぺろ姿をご所望《しょもう》です』と返ってきて、「無理！」と叫んでしまった。

一応、がんばって、蜂蜜を舐めながら自撮りをしてみたが……ぶさいくにもほどがある。いつも神居にこんな顔を晒していたと思うと、恥ずかしすぎて穴があったら入りたい。彼は本当に、美都のこの見苦しいぺろぺろ顔のどこを好きになってくれたのだろう。

そんなふうに秋日を介して神居とやり取りすること三日。

ようやく人の姿を取れるようになったと、神居のスマホから直接メッセージが届いた。

『心配をかけてすまなかった。愛しているよ、美都』

その言葉を読んだ途端、胸がぎゅーっと締めつけられて、涙が零れた。

回復の喜びと、安堵と、愛しさと……いろんな感情が綯《な》い交ぜになり、早く会いたいと心が叫ぶ。

『お見舞いにうかがってもいいですか?』とメッセージを送ったら、『明日、東京の病院に移ることになった。待っていてほしい』と返ってきた。せめて声だけでも聴きたいと思ったが、『まだ声は出ない。すまない』とのこと。

『ちゃんと顔を見て言いたかったけど……すみません。父と僕を助けてくれて、本当にありがとうございました。僕は何もできなくて……』

『こちらこそ、ありがとう。私の異形の姿を見ても、きみは恐れずにいてくれた。願わくは、真実を知ったきみがまだ恋の対象から私を外していませんように』

「ばか！」

思わずスマホの画面に向かって暴言を吐いていた。

何を言っているのだろう、この人は。

美都はもうすっかり神居の恋人のつもりでいたのに。きちんと確認はできていなかったけれど。なんて返そう。好きです、愛してます、と返して、この気持ちはちゃんと伝わるだろうか。

美都はしばらく思い悩み、勇気を出して一枚だけ写真を送った。ああでもないこうでもないと何十枚も撮り直した末の、これならなんとか……という一枚。

神居はどんな反応をするだろうと、緊張した。スマホを前に正座で待った。けれど待てど暮らせどレスポンスはない。

(どうしよ……やっぱり気持ち悪かったかな)

ほとんど泣きそうになっていたら、神居ではなく秋日からメッセージが届いた。

『社長が興奮のあまりベッドの上で悶絶《もんぜつ》したせいで、点滴が抜けて大参事です。刺激の強すぎる差し入れはご遠慮ください』

そんな反応は予想していなかった。美都はただ、人差し指で掬った蜂蜜を舌先でちょんと申し訳程度に舐める瞬間を、焦点をぼかして撮っただけだったのだが……。

これのどこにそんなに興奮してくれたのか、まったく分からない。さすがぺろぺろフェチ。

赤くなって困惑していたら、ようやく神居から返事が届いた。

『愛らしい写真をありがとう。心を鷲摑みにされて、時が止まっていた。愛しているよ』

神居の艶やかな声が耳に甦《よみがえ》ってくるような、かっこいいメッセージ。……の、直後。ぴろりん、と秋日から写真が届いた。

点滴を挿《さ》し直してもらいながら、とろけそうな表情でスマホを見つめる神居の姿。

本当に回復していることにホッとして、それからカーッと頬が熱くなる。

愛されている、と実感した。そして今、神居のこの表情を直に見ているのが自分でないことに、胸を焦《こ》がした。

先に戻ると決めたのは自分のくせに、今も神居の傍にいられる秋日が羨ましい。そんな勝手な嫉妬《しっと》をしてしまう。

「尊琉さん……早く会いたいよ……」

写真の彼にキスをして、そんな自分が恥ずかしくて身悶《みもだ》えた。

＊　＊　＊

翌日、店が終わると美都はダッシュで病院に向かった。

本当はこの後、授業が一コマあるのだが、今日は自主休講にする。滅多《めった》なことでは休まない美都だが、今日ばかりは悠長に講義を受けていられる心境ではなかった。

(早く尊琉さんに会いたい……！)

送ってもらった地図に従って、地下鉄の駅を出るなり小走りになっていると、電話がかかってきた。秋日からだ。

「はい、春原です」

『まだ着いてませんよね⁉　ストップ、ちょっと待った、私がそちらへまいります～』

何ごとかと困惑する美都に、さくさくと待ち合わせ場所を指定して秋日は電話を切った。

病院近くのハンバーガーショップで秋日と落ち合う。「おなかすきました～」と適当にざくざく頼んだ食べ物と飲み物を持ってテーブルに着く。

「こういう庶民的なお店にはあの人たち絶対に来ませんから、ここなら安全です～」

ということは。

「専務親子ですか？」

「ですです。すみません、やられました～。社長に不自由なく過ごしていただくって名目で、病院での主導権握られちゃいました。面目ないです……」

「尊琉さんは無事ですか⁉」

まさかひどい扱いをされているのではと心配になったが、そこは問題ないらしい。

「あくまでヒエラルキーのトップは社長です。それを覆すような企みには、専務がどうあがいても誰も巻き込まれません。でも、社長のために動く者という立場では、残念ながら私より専務の方が強いんです。いざという時の主導権争いで負けちゃうんです～」

「それって、待ち合わせがここになったことと何か関係が？」

「あります。すみません。社長の病室が、専務の管理下に置かれてしまいました。見舞い客から出入りする医療関係者まで、すべて専務に筒抜《つつぬ》けになります」

「えっ！」

どうしてそんなことに。

「こちらの病院は、一族の医療チームの本拠地なんですけどね。本来、管理責任者は一族トップの社長なんです。でもその社長自身が今回は患者なので、責任者は別に立てるべきだとか専務が言いだして、まんまと～。曾祖父か母がいてくれたらよかったんですけど、申し訳ないです～」

ヒエラルキーというのはこういうところに影響するのか。そういったしがらみとは無縁で生きてきた美都には想像できない世界だ。

「……僕はお見舞いに行けないっていうことですか？」

「堂々とは無理ですね～。お付き合いがバレたら、社長が恋人宣言してしまうまでに排除《はいじょ》せねばって展開が容易に想像できちゃいます」

それはご免《めんこうむ》被りたい。

「一日も早く社長と会っていただけるように作戦を練《ね》りますから、もうしばらく我慢してくださいー。社長も病床にいるとはいえ、黙ってされるがままになってるわけじゃないですし」

「まさか無理されてるんじゃ……」

「逆境を逆手に取って専務を懲《こ》らしめようとしてるくらいだから、大丈夫だと思いますよ～。美都さんがお父様から預かってきてくださった弁護士の名刺の件なんですけどね」

「何か分かりましたか!?」

「裏が取れました。あれも専務の仕業《しわざ》でした」

やっぱり、という気持ちが強かった。美都自身は面識がないのに、すっかり専務には敵対心を持ってしまっている。

「まさか、幻夢花を手に入れて、何か悪いことをしようとしてるとか……？」

「それなんですが、どうやら謀反《むほん》ではなく手柄《てがら》を立てて社長や一族にアピールしたいという方向みたいなんです～」

「……春原の山を買うことが、どうして手柄になるんですか？」

「だって、もしも幻夢花を他社に売り渡されたら、『琥珀の幻夢』の模倣品《もほうひん》を造られてしまうかもしれないじゃないですか～」

「っ！　……考えたこともなかったです」

言われてみればそうだ。今まで思い付きもしなかったことが不思議に思えた。

「お山を買い取って一族で管理してしまえば、まだ見ぬライバルを駆逐《くちく》できると考えたんでしょうね～。そしてそれは手柄となり、娘を嫁がせる持参金代わりにもなると」

「阻止しないと！」

思わず前のめりに叫んでしまった。必死過ぎたと恥ずかしくなる。

「それなんですが、売却の契約をするから専務本人を寄越せとご実家におびき出していただくことは可能ですか？」

「……それって、春原の家族を巻き込むということですか？」

「そうなってしまいます。すみません。でも現場を押さえられたら、確実に専務の責任を追及できるんです～。お山の買収なんて、社長も先代もまったく望んでいないことですから。当主の意に反する勝手な行動は、一族では赦《ゆる》されることではありません。非難轟轟《ひなんごうごう》です～」

その結果が得られるとしたら、魅力的な作戦だと思った。けれど……。

「……少し、考えさせてもらえますか？」

「もちろんです」

秋日はそれ以上何も言わなかった。きっと思うところはあるに違いないのに。おもむろにハンバーガーに手を伸ばし、包みを剝き始める。

「美都さんもどうぞ。腹が減っては戦はできぬですからね～」

「えっと、じゃあ、お言葉に甘えて。いただきます」

むっしむっしとしばらく互いに無言で咀嚼《そしゃく》する。身振りで勧められるまま、ハンバーガーにポテトにナゲットなどを詰め込んだ。はじめはあまり美味しいと思えなかったのに、腹が満たされてくるとへこみきっていた気持ちが上向き始める。

「食べ物って偉大ですね」

「ですです。おセレブ様の召し上がるご馳走《ちそう》じゃなくても、胃に入ればちゃーんと味方になってくれるんです～」

思わず噴き出してしまった。秋日だって神居の甥なら、セレブの一員に違いないのに。

「ちょっと落ち着いたところで、一つ残念なお知らせがあります～」

「……なんですか？」

美都の心が回復する時を、秋日は見極めてくれていたらしい。

「実は先ほど、社長のスマホが看護師のミスで粉砕《ふんさい》されました」

「ふ、粉砕？」

「はい〜。バッリバリのこっなごなです。すかさず代替機が用意されましたが、怪しさ満載です。おそらく情報を抜き取る何かを仕掛けられていると考えた方がよろしいかと。大変恐縮ですが、改めてご連絡するまで社長とは連絡を取らないでください」

それは会えないどころか、メッセージのやり取りもできないということか。想像以上に神居の置かれた状況はシビアなのかもしれない。

美都は不安になったが、秋日はなぜか、にへーっと意味ありげに笑う。

「私がすぐに新しいスマホをご用意すると言ったんですが、これは専務の出方を探る絶好の機会だからと、社長はあえて檻《おり》の中に留まりました。その代わりと言ってはなんですが、手紙を預かってきています〜」

と言って渡されたのは、どう見てもメドヴェーチのラッピング用不織布バッグで。手のひらサイズのそれを受け取ると、柔らかな厚みがあった。たとえるなら落ち葉を両手で挟んだみたいな。

「……開けてもいいですか？」

「どうぞ〜」

緊張しながら封を解き、そっ…と中を覗いてみた。

折りたたまれた、たくさんの紙片が入っている。その中に一枚だけ、名刺サイズのメッセージカード。

取り出して読んでみると……。

『私に会いたいと思ってくれた時に、一枚ずつ引いてくれ』

「…っ！」

神居の艶やかな声で、幻聴が聞こえてしまった。

このメッセージだけですでに、紙片に綴られている言葉が甘いということが想像できてしまう。

一瞬にして真っ赤になり、撃沈《げきちん》。これ以上はここでは読めない。

「なんて書いてありました～？　まあ、どうせ蜂蜜もひれ伏す勢いのあま～い愛の言葉でしょうけど～」

否定できない。

＊　＊　＊

神居からの手紙は、病院のメモ帳と思《おぼ》しきものに走り書きしたもので、お世辞《せじ》にも立派な形式とは言えない。けれどこれは世界一素敵な贈り物だと、胸を張って言える。

美都と直接連絡が取れないという事態になってすぐ、なんとか美都を励まそうと知恵を絞ってくれたのだろう。その気持ちが何よりも嬉しい。

会いたくてたまらなくなった時、新たな一枚を引く。恥ずかしくなるくらい気障《きざ》なメッセージだったり、思わず笑ってしまうユーモラスな内容だったり、神居が身近にいてくれるように感じた。

美都も何かお返しをしたかったが、人目についてしまうものはまずいだろう。まだ何も返せずにいる。

秋日と密談した日の夜、美都は逡巡した末に、父に電話をした。

「お願いしたいことがあるから、明日、また帰ってもいい？」と。するとしばし沈黙した父は、「俺が行く。美都が働いてるところが見てみたい」と言い出した。

驚愕したが、メドヴェーチがどんなに素敵な店か実際に見てもらった方が、美都の願いも伝わるのではないかと思った。

念のため秋日にも問題ないか聞いてみたら、専務は病院に張り付いているので鉢合わせする心配もないだろうとのこと。

思いがけない形で、父が上京してくることになった。

翌朝、さっそく菅井と総括マネージャーとコンシェルジュに報告すると、急遽《きゅうきょ》、「そういうことなら、春原くんが接客するといいですよ。案内人デビューです！」ということになってしまった。

その心遣いはとてもありがたいけれど、ものすごいプレッシャーだ。

父が着く予定の時刻が近づくにつれ目に見えて緊張していく美都に、「こっちまで緊張してくる」と菅井は笑った。

そして、とうとうその時間がやってきて――。

いつも通りフロアで全体に視線を巡らせていた美都は、ドアマンが開けた正面玄関から入ってきた人々に、ぎょっと目を剝いた。

（えっ、晴人!? 健斗に知華に母さんまで!?）

まさかの、家族全員がぞろぞろと姿を現したのだ。

最後に入店したのが父。好奇心に瞳を輝かせる家族と違い、元来が人見知りな父は、完全に尻込みしている。

（父さんだけじゃなかったの……!?）

完全に美都の確認ミスだ。父だけだと店に伝えてしまっていたため、ハニーカウンターはふたり掛けのブースしか準備されていない。そもそも五人同時に試食なんてできるのだろうか。

パニックに陥《おちい》りそうになっていると、バックヤードで休憩を取っていた菅井がスッと出てきて美都の横に並んだ。モニターで来客を確認していたのだろう。

「落ち着いて。今日はブライダルセッティング用の個室が空いてます。コンシェルジュならそちらにお通しするはずだから」

菅井の言う通り、まるではじめからその予定だったかのように、誰もが当然の表情で春原家一行を個室へと案内した。

「いつも通りやればいい。お客様が身内であろうとなかろうと、俺たち案内人がご案内したい蜂蜜の世界は同じでしょう?」

　ポンと背中を叩いて激励してくれる菅井のかっこよさよ。

（そうだ。いつも通りだ。こんなに美味しい蜂蜜がありますって、ご案内するだけだ）

　目を瞑って、深呼吸。瞼の裏に神居の自慢げな笑みが浮かんだ。恋人としてではなく、尊敬するメドヴェーチの社長の表情。すると緊張でガチガチになっていた体から、すぅっと強張《こわば》りが解けるのが分かった。

（尊琉さん、行ってきます）

　個室へと向かう。ドアの前でコンシェルジュと手短に情報共有し、部屋へと入った。

「失礼いたします。本日、春原様を担当させていただきます、案内人の春原美都と申します」

　続けて菅井が「補佐を務めさせていただきます、案内人の菅井頼人《よりと》です」と挨拶したが、家族の眼は美都に釘づけだった。

「お兄ちゃん、かっこいい……!」

　知華が素直に称賛してくれるのが、くすぐったい。

　とはいえ、その称賛は服装のことだと分かっているが。タキシード姿の美都なんて、家族は初めて見るのだから。

「兄ちゃんすげぇ、王子様みたいだ」と晴人。「やばっ、すごっ、クワガタよりカッコイイ」と彼にとっての最上級の絶賛をくれたのは健斗。義母は「まあまあまあ」と上気した頬を両手で挟んで美都の爪先から頭のてっぺんまで何往復も視線を走らせ、父はただぽかーんとしている。

（よかった……晴人、いつもの感じだ）

秘密を背負わせてしまったことを怒っているに違いないと思っていたから、少し拍子抜《ひょうしぬ》けした。この場では普段通りに振る舞ってくれるつもりなのか。弟の懐《ふところ》の広さに少し驚く。

「いくつかご試食いただこうと思いますが、何か召し上がりたいものはありますか？」

通常、初回の客にはカウンセリングとアンケート記入という手順を踏んでもらうが、今日は特別に省略している。

「はい！　あたし、お兄ちゃんが一番好きな蜂蜜が食べたい」

弾ける笑顔でそんなことを言う妹にきゅんとしない兄がこの世にいるだろうか。

「一番好きな蜂蜜と申しますと、『琥珀の幻夢』になりますが……」

グッと気持ちを抑えて、澄ました表情で答える。

「あっ、そっかぁ。それはいっつも食べてるからいいや。じゃあね～……」

きっとこの会話を聞いている菅井は、春原家はセレブか!?　と誤解していることだろう。違います、いただきものです、と心の中で訴えた。

「よろしければ、みなさまそれぞれをイメージした蜂蜜をご案内するというのは、いかがでしょうか？」

「なにそれ素敵！」「いいわねぇ」と女性陣が瞳を輝かせ、弟たちはひたすら「かっこいい」を繰り返してくれる。

美都の提案は驚くほど盛り上がった。家族は大いに喜んでくれて、そして初めて受ける菅井のサポートの完璧さに目から鱗《うろこ》がぼとぼと落ちて、有意義すぎる案内人デビューとなった。

ひとしきり試食を堪能《たんのう》してもらった後、そろそろ締めに向かう準備をしていると、義母が「それにしても、本当にロマンティックなお部屋ねぇ。まるで神話の国に来ちゃったみたい」と、可愛らしい感想を口にした。

「他のお部屋も、こんな感じなの？」

「いえ、こちらは特別です。主にブライダル関連の、引き出物のご相談にいらした新郎新婦様をご案内しております」

「ひきでものってなぁに？」

「結婚式に出席してくださったお客様への、お礼の贈り物のことです」

「えー、結婚式に蜂蜜？」

「はい。古来から――昔々から、結婚と蜂蜜は切っても切れない関係です。たとえば、新婚旅行のことをなんと言うかご存知ですか？」

「ハネムーン？」

「正解です。その語源は、ハニー、ムーン。蜂蜜の月です」

「あっ、ほんとだ！　なんで⁉　ラブラブであまーいから？」

照れっと笑いながら言う知華に、世界よ見たか！　この可愛いのが僕の妹だ！　と叫びたくなる。我慢するが。

「それもひとつの説です。正解。他には古代ゲルマン……ヨーロッパの人たちは、結婚したら三十日間、蜂蜜酒を飲み続けたからだという説があります。滋養強壮に効くので」

そうして蜂蜜酒を飲みながら子づくりに励んだというところは、小学生の妹の前なのでふわっとさせておく。

「へ～、そうなんだー。あまーいねぇ。いいなぁ～、知華も結婚する時は、蜂蜜をひきでものにするよー」

「結婚!?」

ガタァッ。父と弟たちが腰を浮かせる。美都も思わず前のめりになってしまったが、今は駄目だ、仕事中だ、とグッと堪《こら》える。

「知華にはまだ早い！」「なんで。来年はもう中学生だよ～」「まだ、中学生だろ」「いまどきのイケメンは中学生になる頃にはもう結婚の約束しちゃってるんだよ～。知華も早く旦那様見つけないと」「何言ってるんだばかっ」「ばかって言う方がばかなんだよっ。なによ晴くんも健くんも彼女いないからって」――阿鼻叫喚《あびきょうかん》だ。

これは一体どうすれば……と、思わず菅井に視線で助けを求めてしまったが、相変わらず糸のように細い目で穏やかに微笑んでいるだけ。

どうしよう……と考えていたら、突然、晴人がこちらを向いた。挑《いど》むような目で。

「彼女いないのは兄ちゃんもだよな？　あっ、でも、愛してる相手はいるんだっけ？」

「っ！」

何を言いだすのか。ドッと冷や汗をかく。なんて誤魔化そう――必死に頭を巡らせた。その話は後で、とぶった切るか？　それとも……。

静かにパニックに陥る。早く、早く何か言わなければ……焦れば焦るほど言葉が出てこない。

（助けて、尊琉さん……！）

心の中で縋《すが》った。そんな美都の脳裏に甦ってきたのは、今朝、家を出る前に引いた神居からの手紙の言葉だった。

『愛してる』

たった一言。けれど揺るぎない想い。

スッと心が鎮《しず》まる。神居が傍にいて、支えてくれているような気がした。

「いるよ。ずっと一緒に生きていきたいって思ってる人が」

「人じゃないだろ」

言葉に詰まる。しかしここで黙ってはいけないと思った。

「そういうのどうでもよくなっちゃったくらい、好きなんだ」

ひゃあ、と知華が真っ赤になって両手で顔を覆った。晴人は顔をしかめ、健斗は「ほえ～」と間の抜けた声を漏らす。そして両親は――義母と父は、真剣なまなざしで美都を見つめていた。

（……あ。母さんも、もう知ってるんだ）

家族に話すかどうかは任せると父と晴人に丸投げしてしまったが、話すことを選んだのだと確信した。相手が神居ということだけでなく、熊に変化するということも。

「ごめんなさい。――尊琉さんじゃないと、駄目なんだ」

深々と頭を下げる。それからハッと菅井がいたことを思い出し、勢いよく振り返った。しかしそこには誰もいなかった。

「菅井さんなら、さっきスーッと部屋を出ていかれたわよ」

義母が教えてくれる。完全に周囲が見えなくなっていた自分に比べ、菅井の察しのよさに、人としての格の違いを見せつけられた気がした。かなり恥ずかしい。

美都は心を決めて、家族に向き直った。

「驚かせたと思う。本当にごめんなさい。でも尊琉さんのことだけは譲《ゆず》れないんだ」

「熊だよ？　男だよ？　兄ちゃん、子どもできないじゃん！」

「うん。ごめん。……親不孝だよね」

「コラーッ！」

突然叱られた。義母に。初めて、声を荒らげられた。びっくりしすぎて、身動きできない。

「そんなことで親不孝だなんて言う心の狭い親だと思ってたの？　生意気言わないで。美都なんか生まれてきてくれただけで充分親孝行してんのよ。子どもなんてみんなそうよ。それ以上に何かを求める親なんて、親の風上にも置けないわっ」

「……でも、僕は母さんの子じゃ…」

「それ関係ある？　美都が私たちの子どもで、春原家の長男であることに、誰のお腹から出てきたってことが何か影響するの？」

なんて豪胆《ごうたん》な。義母がそんなふうに考えていたなんて、想像もしていなかった。

「あなたに初めて会って、『かーしゃん』って呼んでくれた時ねぇ、もうほんと、『そういうのどうでもよくなっちゃったくらい、好き』になっちゃったのよ」

カッと頬が熱くなる。その台詞《せりふ》は、ついさっき美都が言ったものでは。

「私たち、似たもの親子ね。それからあなた、お父さんにもそっくり」

ふふっと笑って、父の背中をバシンッと叩く。ゴフッと噎せた父は、姿勢を正して呼吸を整え、一息に言った。

「頼みたいこととはなんだ？　なんでも言ってくれ」

なぜそんなにかしこまっているのだろう。かしこまらなければいけないのは、頼みごとをする自分の方のはず。

「お父さんねぇ、美都が初めて俺を頼ってくれたー！　って昨日からお祭り状態なのよ～」

「いっ、言わなくてもっ」

意味が分からない。迷惑をかけることを非難されても仕方がないはずなのに。

「それで浮かれて熊ヤロウのことまでしゃべっちまったんだよ。俺はどうせ信じないから言わねぇ方がいいって言ったのに」

晴人に暴露《ばくろ》されて父が小さくなる。義母や妹たちは「信じたけどね」「だってお父さん嘘つけないもんね」「熊、超見たい～」とあっけらかんとしている。こんなノリで済まされていいのだろうか。

「で？　どうせ頼みって、熊男がらみのことなんだろ？　熊男なんかに兄ちゃんはぜってーやらねぇけど、兄ちゃんが困ってることなら、力になるから。だって家族だもん」

目頭が熱くなる。

自分の家族がこんなにも頼もしかったということを、初めて知った。

今まで勝手に、自分が守らなければと思い込んでいた。馬鹿みたいに頑《かたく》なに。本当は守る必要なんてなかったのに。自分こそが、見守られていたのに。壁を作っていたのは自分の方だ。家族はいつだって、美都の場所を空けておいてくれたのに。

自意識過剰な自分が恥ずかしくて、そして幸せだと思った。

初めて、心から家族の一員になれたような気がした。

「……ありがとう。実は、力になってほしいのは――」

＊　＊　＊

家族を見送った後、夜になって秋日から連絡が入った。

専務が慌ただしく動き始め、今日はもう病院に戻らないという。

「今夜ならゆっくり会っていただけます～」と言われたら、一も二もなく駆けつけるというものだ。

待ち合わせ場所に行くと、秋日が車で迎えに来てくれた。そして「ここに入ってください」と示されたのは、大きなスーツケース。困惑する美都に、「閉所恐怖症じゃないですよね？　よかったです～。空気穴はちゃんと空けてますからご安心を」と明るく言って押し込んでくれた。

美都が収まると車は動き出し、病院に到着。「さーて、運びましょうかね～」だの「あ～守衛さんお疲れさまでーす」だの、いつものほわーんとした口調で状況を教えてくれる。かなり重いはずなのに、スーツケースはまったく危なげなく転がされる。これは秋日が力持ちなのか、それとも一族みんな力持ちなのか、どちらだろう。

このままなんの問題もなく病室まで行けるかと思いきや、エレベーターを降りた後の廊下でピタリと動きが止まった。

「あー、舞姫さん。お疲れさまでーす」

「秋日さん、それはなんですか？　そんな大荷物を持ち込む話は父から聞いていませんが？」

キビキビとした、いかにも仕事ができそうな口調の女性の声にドキッとした。

（舞姫さんって、尊琉さんの結婚相手候補の……!?）

「そうなんですか？　うーん……私は社長に指示されたものを突っ込んできただけなので、なんとも～。どうしましょう。中身チェックします？　服とか本とか本とか本とかですけど～」

「そうね、見せていただくわ」

「分かりました～」

ぎょっとした。まさか秋日はスーツケースの中身が美都だと忘れているのではないか。

「じゃあちょっと人目につかないところで～」

「なぜ？　怪しい物でないなら、ここで開けられるでしょう？」

「社長の性癖を暴露することになっちゃう責任を私は取れないので～。もし看護師とかに見られたら、たぶん私も舞姫さんもちょっと社長の不興《ふきょう》を買ってしまうかと～」

「たっ、尊琉さんがそんないかがわしいものをご所望《しょもう》になるはずがないじゃない！」

「そんなに言うほどいかがわしくはないと思いますけど……ただ性癖は性癖なので。ご覧になれば分かりますよ～」

「そんなもの見たくもありません！　勝手に持って行って！」

「え～、でも後で専務に叱られるのも嫌だから警備室でチェックしてもらっ…」

「尊琉さんに恥をかかせないで！　お父様に何か言われたら、私が許可したとおっしゃればいいわ」

やった！　と内心ガッツポーズする。早く立ち去ってくれと願うが、秋日はまだ「後で問題になったりしませんか～？」と食い下がっている。とうとう舞姫の方から「失礼するわ！」とヒールをカッカッと高らかに鳴らして去っていった。

ホッと胸を撫で下ろしたのも束の間、なぜかカッカッと足音が戻ってくる。

（まさか、バレた!?）

緊張に身を固くしたが。

「中身については、蜂蜜ということにしておいてちょうだい。本だなんて他の人には言わないで。邪推《じゃすい》されては困ります」

「はーい、承知しました～」という秋日の返事などはじめから聞く気はなかったようで、カッカッカッと再び足音は遠ざかっていった。

「ん、録音完了です～。言質《げんち》はしっかり取りましたので、はりきって社長に届けましょう～」

ゴロゴロとスーツケースを引き始める秋日の用意周到さには恐れ入る。

運ばれながら、今の人が舞姫さんか……と美都は考えていた。すごく真面目そうな、真摯《しんし》に生きている人という印象を受けた。恋敵《こいがたき》の声を聞いてしまうと、存在がリアルに感じられて胸がざわつく。

「はい、到着～。社長～、秋日ですー」

インターフォンらしきものを鳴らして声をかけ、カラカラとドアを開ける。

足早に歩み寄ってくる人の気配がした。神居に違いない。胸がドキドキする。

「ご所望の性的なもの、お届けにあがりました～。廊下で舞姫さんに会ったので、そういうことになっています。会話の内容はこちらです」

先ほどの会話を再生。さらにいくつかの情報を伝え、「念のためラブラブアイテムもご用意しておきました～。どうします？　使います？　あ、一応持っとく感じですか？　はいどうぞー。私は控室で休ませていただきますので、何かあれば内線を鳴らしてください。明朝は五時半にお迎えに上がります。では、ごゆっくり～」と滔々《とうとう》と話して部屋を出ていった。

（え？　明朝？　え？　……泊まっていいってこと？）

そんなつもりではなかったので、着の身着のままで来てしまった。入浴は済ませたところだったので問題ないが、パジャマや洗面具はどうしよう……とやけに現実的なことを考えてしまう。

おそらくもっと現実的なところから無意識のうちに目を逸らそうとしていた。けれど体は正直で、心臓が怖いくらいにドッドッと脈打つ。

コンコン、とスーツケースをノックされた。そのリズムが、美都、と呼んでいるように聞こえた。ドキッと鼓動が弾み、美都も……コン、コン、と中からノックを返す。尊琉さん、と語り掛けるように。

カチッと音がして、蓋が開けられる。眩《まぶ》しくて目を眇めた。明かりを背に、美都を見下ろしてくる影——それは熊を連想させた。間違いではない。彼の一面だと知っている。それなのにもう、まったく怯《おび》えはなかった。それどころか、ぶわっと愛しさが膨れ上がる。

「尊琉さん……！」

気づいた時には、跳びかかるみたいに抱き着いていた。

しっかりと抱き留めてくれる。ムスクのような甘い匂いが鼻腔を掠めた。——あ、この匂いだ、と思った。神居に借りたシャツから香った匂い、そして……今、唐突に思い出した。七歳の時、蜂蜜を持った美都に体当たりしてきたあの熊——美都が必死に零れた蜂蜜を舐めている間に逃げて行ったあの熊からもまったく同じ匂いがしていた。どこか獣っぽくて、体の奥がむずむずする甘い匂い。これはフェロモンだったのだと、今理解した。そして。

(あの熊も尊琉さんだったの……!?)

確信して、尋ねようとした。けれどできなかった。唇を塞がれたから。

嚙みつかれたのかと思った。それくらい情熱的なキスに呑み込まれる。けれど怖くなかった。

それどころか瞬間的にたくましい肩に腕を絡め、抱き寄せていた。

（尊琉さんだ……！）

胸がぎゅうっと苦しくなって、涙が零れた。悲しいわけでもつらいわけでもなく、愛しくて溢れる涙があるのだと思った。互いに舌を搦め合い、もどかしく抱擁《ほうよう》を交わしながら舌を吸い合う。気持ちよすぎて何も考えられなくなる。カリッと歯を立てられて、「んっ」と声が漏れた。背筋を電流のようなものが走る。それを知っているかのように神居の手が美都の背筋をするりと撫でた。

「ああっ」

背を仰《の》け反《ぞ》らせて甘い声を上げてしまった。

その口をすかさず塞がれる。一瞬でも離れることを拒むように、深く、深く、くちづけられる。こんな情熱的な人だったのかと、今また新たな一面を知ったような気がする。

求められている、と思った。そのことに胸が震えた。

初めてキスしたあの日からまだ一週間しか経《た》っていないことが不思議なくらい、こうして唇をくっつけて舌を吸い合うことが、ふたりの間では当たり前になっている。

どれくらいそうしてくちづけを交わしていたのか、あまりの熱量に酸欠になった美都は胸を喘がせてくったりと神居に寄りかかった。

呼吸が荒い。美都も、神居も。唇同士を離してもなお、神居の唇は美都の顔中にキスの雨を降らせてくる。

頬に、鼻先に、目尻に、瞼に、そして前髪を愛しげにかき上げられ……額にキス。

ゆっくりと目を開けると、漆黒の眸に出逢った。視線が絡んだ瞬間、心臓を鷲掴みにされた。愛しさが溢れるその眸は――熊姿の時とまったく同じだった。美都の無事を確認して安堵したあの時のまなざしを、今も惜しみなく向けてくれている。

「やっと会えたぁ……」

泣き笑いになる。こんなに愛しい存在と、どうして今まで出逢わずに生きてこられたのだろうと不思議になった。

眩しそうに目を眇めた神居の頬に、手のひらを添える。

「傷はもう痛くありませんか？　喉はどうですか？　手紙嬉しかったです。今も嬉しい。ずっと嬉しい。もったいなくてまだ全部開いてません。手紙を読んだら、尊琉さんの声で聞こえてきます。ずっと傍にいてくれる気がしました。でも、でも、ずっと会いたかった」

「美都……！」

掠れた、けれど甘い声で呼ばれた。

「声……」

「聞き苦しくてすまない。ンンッ、少しずつ回復はしてるんだが」

「無理しないでください。……あっ、そうだ。お見舞いを持ってきたんでした」

スーツケースの中から包みを取り出す。メドヴェーチのラッピング用不織布バッグ。しかし中身は神居がくれたような手紙ではなく、正真正銘《しょうしんしょうめい》、蜂蜜だが。

「……いろいろ考えたんですが、やっぱりこれかなって……」

おずおず差し出すと、なぜか神居は感激したように満面の笑みを見せてくれる。

「どうして美都には、私が望んでいるものが分かるのだ？」

「そんな、えっと、蜂蜜会社の社長に自社の蜂蜜をお見舞いにするなんてあまりにも安直すぎるんじゃって悩んだりもしたんですけど、でも誰に見られても怪しまれないもので、尊琉さんが今必要としてるのって、本当に蜂蜜しか思いつかなくて……すみません」

「なぜ謝る？　これ以上に私が欲しいものなどないのに」

そんなふうに言ってくれる神居の優しさに、きゅんとする。

時折咳払いが混ざるものの、声もちゃんと出ている。心からホッとした。

「開けても？」

「もちろんです。ハニースプーンもありますから、すぐにでも召し上がれます」

喜んでくれてよかった、と照れ笑いしたら、ちゅっと唇を盗まれた。頬が熱くなる。不意打ちは心臓に悪い。

リボンを解いた神居は、瓶を手のひらに乗せた。しかしなぜか見慣れないものであるかのように、蜂蜜の中に泳ぐ大粒の金柑《きんかん》とキューービック型の大根を見つめている。何かおかしいだろうか。

これもれっきとしたメドヴェーチのラインナップだと、神居が知らないわけがないのに。風邪で喉を痛めた時に劇的に効くと、常連客に愛用されている。

「あっ、まさか蜂蜜漬けは苦手でしたか？」

「……いや、そういうことか、と」

クックッと肩を揺らして笑い始める。笑顔が素敵できゅんとときめく。しかしなぜ笑われているのかが分からない。

「あの、何か変ですか？」

「美都の愛らしさに改めて心を摑まれただけだ。こちらでいただこう。おいで」

手を引かれて立ち上がる。よく考えたら床に座り込んでしまっていた。

室内を初めてきちんと目にして驚く。病室というイメージとは程遠い、まるで高級ホテルのような贅沢《ぜいたく》な造りだ。立派な家具が揃っているし、ベッドも見た目はまったく医療用に見えない。よく見ると神居の服装も、あからさまなパジャマではなく普通のシャツとスラックスのようなものだから、入院中という気がしない。

「病院ですよね？」

「医療設備は完璧だぞ。ただしこの特別室は、私が不自由なく隔離生活を送るために設《しつら》えられたと言っても過言ではない。……異形の姿を取っている方が、病気や怪我の回復が早いからな」

ベッドに並んで腰かける。そのシチュエーションにドキドキした。室内にはちょっとしたテーブルセットもあるのに、なぜベッド？

「さて、では遠慮なく見舞いをいただこう。美都、口を開けてごらん？」

キラキラ輝く笑顔で、神居が瓶から掬《すく》った蜂蜜を美都の口元に持ってくる。え？　え？　と混乱した。

「あの、ご存知かと思いますが、これは喉に効く蜂蜜漬けなので尊琉さんに召し上がっていただくもので……」

「その蜂蜜漬けの効果が何百倍にもなる食べさせ方を、きみは知ってくれていると思うが？」

「た、食べさせ、方？」

「ほら、早く舐めてくれないと、手に垂れてしまう」

とろぉ……っとスプーンから手の方へ滴《したた》っていく黄金色の液体。

「えっと、じゃあ、失礼します」

ぺろりと舌で舐め取ってから、ちょっと待てよ神居に自分で舐め取ってもらえばよかったのでは、と気がついた。遅かった。

柑橘《かんきつ》類の爽《さわ》やかな香りと大根の微かな辛《から》みが蜂蜜に溶け込んでいる。美味しい。そして神居に見られている。空気が一気に濃密になる。ぺろぺろと舌を動かした。その舌を神居に奪われた。

「んっ」

舌に搦んだ蜂蜜を舐《ねぶ》り取られる。こういう意味か、とようやく理解した。まったくそんなつもりではなかったのに。倒錯的《とうさくてき》な行為にゾクゾクする。

「……甘いな」

囁きが、いつも以上に掠れている。彼の喉が心配なのに、ハスキーな声にときめいてしまった。

そのことが申し訳なくて、早くよくなってほしくて、再び蜂蜜を口に含む。今度はたっぷりと。

そして神居の頬を両手で挟み、自分から深くくちづけた。

「……んっ、尊琉さ……食べられて、ますか……？」

「ああ。……このまま食べてしまいたいな」

腰に手を回されて、引き寄せられる。神居の膝に乗り上がってしまい、鼓動が乱れた。

決していやらしいことをするつもりではなかったのに、ベッドの上だと思うと変に意識してしまう。

神居はそんなことはないのだろうか。自分だけがドキドキさせられて、なんだか悔しい。

「ぜひ、食べてください」

「っ！」

「実も丸ごと食べた方が、喉にいいんですよね？」

「……なるほど。これが純粋無垢《むく》な小悪魔という生き物か……」

よく分からない詩的な表現を呟きながら、クックッと肩を揺らして喉で笑う。そんなことをするものだから、噎せている。

「わ、瓶貸してください。スプーンも。……はい、どうぞ」

金柑を掬って口元に持っていくと、かぱっと口を開けてくれる。思いがけず可愛くて、きゅんとしてしまった。なんだか猛獣《もうじゅう》に餌《えさ》をあげているみたいだ。もぐもぐと動く口も可愛い。けれど同時にエロティックにも感じてしまう。

そんな不埒《ふらち》な気分を必死に振り払い、大根のキューブもたっぷりの蜂蜜とともに口に運ぶ。素直にもぐもぐしてくれる。愛しさが溢れて、ちゅっと唇を奪ってしまった。

神居の眸がとろける。心臓をぎゅっと摑まれた気がした。この人にこんな眼をさせているのが自分だと思うと、ふわふわと気分が高揚《こうよう》する。

「もっと」

「あ、はい」

スプーンを瓶に突っ込むと、「違う」と笑われる。そして、ちゅっと唇の上でキスが弾けた。

(っ、そっちかー!)

恥ずかしい。嬉しい。気持ちいい。ドキドキする。いろんな感情が混ざり合い、ただただ好きだと思った。もっとこの人とくっつきたい。

それを望んでもいいのだろうか。その権利が、自分にあるのだろうか。

「……あの、今さらなんですが………僕って、尊琉さんの恋人ですよね?」

「きみがそう望んでくれるなら」

即答が嬉しい。けれどもどかしい。どうしてもっとはっきりと「恋人だ」と言い切ってくれないのだろうと、我が儘なことを思ってしまった。

「尊琉さんは僕のこと、どう思ってるんですか」

「愛してる」

「知ってます!」

咄嗟に返した言葉に、自分で驚いた。

そんな傲慢《ごうまん》な……と恥ずかしくなったが、それは違う、とすぐに気づいた。

神居に愛されていることを美都が知っているのは、彼が信じさせてくれたからだ。言葉で、態度で、まなざしで——惜しみない愛情を注いでくれているから。

神居のおかげだった。そして神居がいまだに、選ぶのは美都だと、すべての権利を明け渡しているのは……美都が愛を伝えきれていないからだ。

そんな単純なことに今ごろ気づいた。

「——愛してます」

想いを籠めて、告げる。

漆黒の眸が切なげに美都を見つめる。

「僕だって、尊琉さんのこと、愛してるんです」

「ありがとう。ならば私たちは恋人同士だ」

伝わっていない。まだ、全然。

「もう一つの姿も、愛してます」

「……ありがとう」

微笑みを浮かべる。けれどそのよそよそしさに、それはある種のバリアなのだと気づいた。

「尊琉さんのもう一つの姿、見せてください。今、ここで」

「……なぜ急にそんな話に？」

怪訝《けげん》そうに、眉間に皺が寄る。

「どっちの尊琉さんも愛してるって、証明したいから」

「また今度な」

ふいっと視線を逸らされる。ムッとして、そっちがその気なら……と、蜂蜜を指で掬ってこれ見よがしにぺろぉりと舐めて見せた。勢いよく視線が戻ってくる。しまった、という目をした神居に、恥ずかしさなんてもうどうでもよくなった。目を逸らさずにいてくれるだけでいい。

「今度なんて嫌です。今、会いたいです。

「美都こそ、なぜそんなに異形の姿を見たがる？」

「僕が熊恐怖症だったから、信じてもらえないんですか!?」

「私は変化を完璧にコントロールできる。必要だと自分で判断した時以外、不用意に変化することはない。きみは無理に熊姿なんかに向き合わなくていいんだ」

「そんなの嫌です。だって秋日さんや舞姫さんは見てるのに！　かっこいいってメロメロになってるのに！　僕は尊琉さんの恋人でしょう!?　だったら尊琉さんのかっこいいとこ、僕にも全部見せてください！」

感情のままに声を荒らげてから、自分が言ったことに驚いた。

こんな言い方をしたら、まるで……。

「美都……まさか、嫉妬しているのか？」

「ちがっ…！」

カァッと頬が熱くなる。探るような神居のまなざしに晒されて、絶句して……そして気づいた。

それこそが自分の本心だったのだと。

愛してると証明したいとか、そんな崇高《すうこう》な理由ではなかったらしい。ただ美都が、神居と同じ一族の秋日や舞姫に嫉妬していただけ。そんな自分の醜《みにく》い感情を、初めて突きつけられる。

「……すみません。僕、本当に自分勝手だ……」

「私は嬉しい」

抱き締められた。背が軋《きし》むほど強く。ドッと胸がぶつかる。ものすごい速さの鼓動が伝わってくる。彼の匂いに包まれる。

「え？　え？　あの？」

「きみが嫉妬を……!?　信じられない。異形の姿はきみにとって、あくまで『受け入れなければならない』ものだと思っていた。私のために、懸命に許容しようとしてくれているのだと……。まさか『見たい』というのがきみ自身の望みだなんて……こんな幸せがあっていいのか!?」

神居の喜びは本物だった。どうして喜んでもらえるのかさっぱり分からないが、醜い感情を呆《あき》れられなくて本当によかった。

「……すみません。僕がとんだ勘違いで熊恐怖症なんかになってしまってたばっかりに、尊琉さんを傷つけてたんですね？」

「逆だ、美都」

「……逆？」

「熊恐怖症は関係ない。普通の人間は、異形の姿を持つというだけで恐怖に慄《おのの》き、排除しようとするものだ。それなのにきみはただの一度も、そのこと自体を問題にしない。それどころか熊恐怖症であったにもかかわらず、熊の私を見たいと望んでくれているのだろう？　――それがどんなに奇跡的なことか、きみ自身には分からないのだろうな……」

そんな大げさなことだろうか。たまたま美都がこうして神居と深くかかわるチャンスをもらえただけで、きっと変化の能力などなんの問題もないと考える人は、大勢いるのではないだろうか。少なくとも美都の家族は、さらっと受け入れていた。

きっと神居が気づいていないだけだ。けれどそのことを教えてあげようとは思えなかった。彼を理解する人間が次々に現れたら、世界は恋敵で溢れかえってしまう。

（……僕って、こんなに身勝手な人間だったんだ……）

知らなかった自分の醜さをどんどん突きつけられる。恋とはもっと優しくて、甘いだけのものかと思っていたのに。

絶対に、誰にもこの人を奪われたくない。

早く、本当の恋人になりたい。

「僕が尊琉さんの熊姿に会って、もう本当に熊恐怖症を克服できたと分かってくれたら、本当の恋人にしてくれますか？　僕が望んでるからじゃなくて、尊琉さんも、僕を恋人だって言い切ってくれますか？」

「――きみを愛してよかった」

「答えになってません」

ムッとして言い返したら、笑われた。

笑って、それから泣きそうに顔を歪《ゆが》めて……神居は美都の左手を取った。

表情を改める。真剣なまなざしが美都を捉《とら》える。息を呑むほどかっこよかった。心を奪われるという感覚が、痛いくらい分かる。

そして彼は——美都の薬指にくちづけた。

「その時は、私と結婚すると誓ってくれ。きみのいない人生なんて、もう考えられない」

「っ！」

ガッと神居の頬を両手で挟む。そして美都は叫んでいた。

「今すぐ！　どうぞ！」

思わずといった様子で神居が噴き出す。視線が絡んだ。心を決めた眸だった。美都の手の上に、神居の大きな手がそっと重なる。

そして——もふっと、手のひらに人の肌とは明らかに違う感触を覚えた。

もふもふもふっ……毛が生えていく。みるみるうちに姿が変わっていく。ぐんぐんと体が膨らんでいくようにも見えた。彼のシャツが破れ、スラックスが裂《さ》け、全身がもふもふになる。手のひらだけでなく、乗り上がっている膝にも、合わさっている胸にも、もふもふの感触。

視線を絡めたまま、彼は変化した。互いに一瞬も目を逸らさなかった。

「……熊ですね」

「……ああ、熊だ」

分かりきっていることを確かめ合って、それからふたり同時に噴き出した。

「なぜ笑う？」

「これは高笑いだ。私は花嫁を手に入れた！」

「尊琉さんこそ」

バンザイする熊。どこからどう見ても熊。それなのに愛しい。そう感じる自分が誇らしい。

笑いながら涙が溢れた。もふもふの首に抱き着いて、ぐりぐり頬ずりをする。

「なぜ泣く？」

「嬉し泣きです。僕は旦那様を手に入れたぞーっ！　って」

ぼろぼろ涙を零しながら、熊の口にキスをする。

漆黒の眸がぎょっと見開かれた。あまりにも驚かれるものだから悔しくなった。

「言っておきますけど、熊の尊琉さんにキスするの二回目ですからね？　この前、助けてくれた時にも――」

「美都！」

勢いよくベッドに倒れ込んだ。完全なる熊にのしかかられているのに、怖さなどまったくない。

もふもふの顔に頬ずりされた。くすぐったくて、笑みを誘われる。こんなに気持ちいい感触を恐れていた過去の自分を不思議に思った。涙を拭って、自分からもたくさん頬ずりを返す。

すると不意に、ひやっとしたものを耳朶に押しつけられた。びっくりして思わず身を引くと、尖った鼻がひくひくと動きながら、美都の額をツンとつついてきた。鼻先のキス。ひやっと冷たい。熊の鼻は冷たいらしい。そんな発見が嬉しくなる。

「可愛い」

思わず呟くと、むにっと唇を塞がれた。押しつけられる尖った口。もどかしげに擦りつけられて、胸がきゅんきゅんした。熊なんて、もう愛しいだけだ。

美都はもふもふの頬を再び両手で挟み込み、自分からキスをする。人間と熊のキス。けれどそれは、ただの恋人同士のキス。美都と、最愛の神居とのキス。

互いにぐいぐいと唇を押しつけ合っているうちに、不意に手のひらの感触が変わった。そして唇にかぶりつかれる。熱く濡れた舌が、美都の唇の間に潜り込んできた。人の姿に変化したのだと、見なくても分かった。わざわざ目で確かめなくてもいい。どちらも愛しい存在なのだから。

互いに舌を搦め合うキスを楽しんでいたが、くちづけがどんどん熱を帯びていくことに美都は慌てた。

「んっ、ん……尊琉さん、待っ……」

待って、と意思を伝えようと神居の肩に手をやると、張りのある肌に触れた。ドキッと鼓動が跳ねる。考えてみたら、熊から人へと変化した神居は今、全裸のはず……。

見つめ合える位置まで顔を引いた神居は、見たことのない表情をしていた。怖いくらい真剣な顔。目に獰猛さが見え隠れしている。それなのに同時に、滴るような濃密な愛情が、その眸には満ちている。

美都は息を呑んだ。身動きができない。指一本動かせない。僅かでも動こうものなら、喉元に食らいつかれる——そんな危機感を覚えた。けれどそれが捕食という意味ではないことを、美都は本能的に悟っていた。

「愛してる、美都。――きみが欲しい」

「っ!」

食らいつかれた。唇に。狂おしく唇を貪《むさぼ》られる。荒々しい熱に翻弄される。少し怖い。けれど振り落とされたくない。はぁはぁと呼吸を弾ませながらなんとか息継ぎをして、懸命に神居のくちづけについていく。

舌を痛いくらい吸われて、啜られた。「んあっ」と声が漏れる。怖さが気持ちよさに塗り変えられていく。思わず神居に抱き着くと、しなやかな肌がしっとりと汗ばんでいた。そしてようやく気が付いた。

(あっ、僕……これから、尊琉さんに……抱かれるんだ)

カーッと全身が熱くなる。心臓が怖いくらいバクバクと荒れ狂い始めた。

そんなタイミングで、大きな手のひらにするりと胸を撫でられた。

「あんっ」

裏返った声が飛び出したことにびっくりして、ハッと我に返ってしまう。

いつの間にか美都のシャツのボタンはすべて外されていて、平らな胸が晒されていた。そこに神居の手のひら。胸の突起を、指で押しつぶされる。

「……っ! た、尊琉さっ、待っ……」

「もう待てない」

唸るような声。神居の目は熱を湛え、ギラギラと輝いていた。背筋がゾワッとなる。それは限りなく恐怖に似ているのに、決してそうではなかった。腰に甘い痺れが広がったから。

がぶっと胸にかぶりつかれて、熱い舌に舐られる。美都は唇を引き結んだ。また変な声が飛び出しそうになって。

んっ、んっ、と鼻にかかった甘い吐息が漏れてしまう。

いやいやとかぶりを振った。そして気づいた。ここが神居の病室であることに。

美都の胸の突起を舐りながら、神居が視線だけ上げてくる。情熱を滴らせた眸にゾクッとした。

「た、尊琉さん」

ドキドキしすぎて息が苦しい。

「……だ、誰か来たら……」

「オートロックだ。緊急時を除き、私の操作なしに扉は開かない」

「き、緊急って言われて急に開けられたり……」

「しない。インターフォンを鳴らさずに外からロック解除はできないシステムだ」

「えっと、じゃあ、そ、外に、こ、こ…え、聞こえたり……」

「防音になっている。変化した姿で咆哮《ほうこう》しても問題ないように。他に質問は？」

グルル……と、人のものではない重低音がした。これはもしかして、相当に欲望と戦ってくれているということか。

美都は焦って、もうひとつの気がかりを訴えた。

「電気、消してくださいっ」

「私は消したくない。ゆえに間接照明で互いに妥協しよう」

え、妥協？　と気を取られているうちに、神居はベッドサイドのボタンを操作してサッと照明を切り替えてしまった。オレンジ色の柔らかな明かりに包まれる。互いの姿はくっきり見えてしまっているが、これくらいなら耐えられないこともなくはないのかも……。

「愛してる」

がぶっと再び胸にかぶりつかれた。そして大きな手のひらが、狂おしく美都の体を這い始める。シャツを脱がされ、下着ごとズボンも取り払われ、一糸纏わぬ姿になる。肌に触れる神居もまた、布一枚挟まない素肌で……触れ合ったところが静電気でも発しているかのようにピリピリした。それが快感の一種だとなかなか気づけなかった。

触れ合う場所すべてが過敏になる。呼吸が弾み、体が跳ねる。唾液まみれになった乳首をぎゅっと押しつぶされて、「ああんっ」と甘い声が飛び出した。恥ずかしい。それなのに胸が疼く。もっと触ってほしいと言っているみたいに。

「美都、声を聞かせてくれ」

口を覆っていた手を外されそうになる。いやいやとかぶりを振ると、困ったように微笑んだ神居は周囲を見回し……何かを口元に持ってきた。美都の指と指の間をこじ開けるように侵入してきたのは、とろりとした粘液を搦めた、彼の指。

（蜂蜜!?）

反射的に口内に迎え入れてしまう。ふわりと柑橘系の香りが広がった。

そういえばお見舞いの蜂蜜の瓶はどこに行ったのだろう。美都が手にしていたはずなのに、どこかに置いた記憶がない。

「ほら、舐めて」

ぺろ……ぺろぺろ、ちゅぷっ、……くちゅっ。

神居の指にまぶされた蜂蜜をひと舐めしたら、もう止まらなかった。彼の手を摑み、もっと、もっと、と舐めてしまう。指をしゃぶり、蜂蜜を舐め尽くし……それなのに甘さはなくならない。

この指が甘い。神居が甘い。蜂蜜と同じくらい、大好物になってしまう。

「……はぁ、んっ、……尊琉さぁ…んっ、んっ……」

「いい子だ」

艶やかな声に、ゾクッとした。いつの間にか彼の声は、いつもの滑らかさに戻っていた。

指が抜かれる。いやだ、もっと、と追い縋ろうとした。けれどその前に新たな蜂蜜をまぶして戻って来た彼の指に、美都はむしゃぶりついた。

「きみは本当に——奇跡の愛らしさだ」

グッと喉の奥まで指を突っ込まれ、苦しさに喘ぐ。それなのにその苦しさは快感に繫がっていた。もう片方の手で下肢をまさぐられ、昂《たかぶ》りを摑まれて気づいた。充溢《じゅういつ》した屹立《きつりつ》は、彼の手にゆるゆると扱《しご》かれただけで絶頂に駆け上ってしまう。

「あっ、あっ、だめっ、尊琉さんっ、いっちゃう……っ！」

神居の手を押さえ、やめてと訴えるのに、その手ごと握り直されてしまった。自分の昂りにびっくりする。自慰くらい普通にしているのに、いつもと全然違った。好きな人に触れられて悦《よろこ》んでいる。これがセックスというものなのか。

「愛らしい。私の手で達《い》ってくれ」

「んーっ！」

頭が真っ白になる。背を仰け反らせ、美都は白濁を吐き出してしまっていた。

ものすごい快感だった。こんな絶頂知らない。美都は胸を喘がせながら思った。

くったりと弛緩《しかん》している美都の手を、神居が持ち上げる。呆然としていてされるがままだった。なぜ指を舐められるのか、理解していなかった。

くちゅ、と熱い口に含まれる。美都が彼の指の蜂蜜を舐るように、神居もまた美都の指を舐った。そしてとろけそうに笑う。

「私が最も愛している蜜は『琥珀の幻夢』だと思っていたが……きみが滴らせたこの蜜以上に極上の美酒はない。――これぞ神の液体だな」

「……え？　……………あっ⁉　ななにを言ってるんですかっ⁉」

吐き出した精液を舐められたのだと、ようやく気づいた。

信じられない。恥ずかしすぎて死にそうだ。自分の手を奪い返し、慌ててシーツで拭う。

そんな美都の狼狽《ろうばい》ぶりに色っぽい笑みを残し、神居はスッと身を起こした。そのまま美都の足の方へ移動する……と思いきや。突然、腰を抱えられた。え？　と思った時には、彼の端整な顔が美都の下肢に埋められていた。

「っ!?」

いきなり下半身の力が抜けた。熱い、重い、そんな感覚が先にきて、それから「ああんっ!」と声が飛び出した。

じゅるっと卑猥《ひわい》な水音が響く。あろうことか神居の口に、達したばかりの美都のものが含まれていた。

「いやぁっ! だめっ、だめぇっ」

必死に身を捩《よじ》り、神居の頭を押し返して引き剝《は》がそうとする。けれどがっちりと腰を摑まれ、美都のいやらしいものは容赦なくしゃぶられる。信じられない快感だった。腰がとろける。昂りが溶けてしまう。あんあん啼《な》きながら、押し返していたはずの手はいつの間にか漆黒の髪を狂おしくかきまぜ、自身に引き寄せていた。

「美都、美都……」

愛しげに舐り、滴りを啜《すす》り上げながら、幾度も囁かれる。恥ずかしくてたまらないのに心が震える。「だめっ」と泣きながら腰を振ってしまう。「やだぁ」と拒絶の言葉を吐くくせに、美都の体は完全に陥落《かんらく》していた。

「あっ!?」

不意に下肢に違和感を覚えた。ぐぷっと硬いものが体内に挿入されたような……。

「痛いか?」

「……い、痛くは、ない、けど……」

「よかった」

くるりと体をひっくり返された。そして後ろに腰を引かれる。腰だけを高く掲げるような恰好になってしまう。

「えっ、え？」

「すまない。愛したい。絶対に怪我などさせないと誓うから」

なんのことか分からなかった。けれど臀部《でんぶ》に雨のようなキスを降らされながら双丘を揉《も》みしだかれ、ぐぷっと再び硬いものが入ってきて分かった。尻の蕾《つぼみ》に指を挿《い》れられているのだと。それは男同士の性交で行われることのある行為だと、美都も知識としては知っている。

しかし知識と体感はまったく違うのだということを、身をもって経験してしまう。

恥ずかしくてたまらない。この恰好も、神居に見られているだろう自分のはしたない体も。

「やっ、待って、待って、尊琉さん……！」

シーツを手繰《たぐ》り寄せ、じたばたと身悶える。それなのに蕾はぐちゅぐちゅと卑猥な音を立てて刺激され続ける。とろぉり……と液体が尻に垂らされた。そのことに美都はショックを受けた。

「いやだっ！　大事な蜂蜜をそんなことに使わないでっ！」

本気で暴れて振り返ると、神居は驚いたように指を抜いた。その手には見慣れないボトルが握られている。

「……蜂蜜？」

「いや、これはメンズラブローションという、後ろで愛し合う際に使用することを目的とした……すまない。成分に蜂蜜は含まれている。だがそれは肌に害をなさず舐めても安全でそれどころか甘く気分を高めてくれるという効果のために配合されたもので…」

「わーっ、すみません！　僕の勘違いですっ。うちの蜂蜜かと誤解してしまって……！」

穴があったら入りたい。などと羞恥に悶絶していたらむしろ指を挿れられてしまった。「あんっ」と身悶えてベッドに沈む。横臥《おうが》した状態で片足だけ抱え上げられ、蕾に指を抽挿《ちゅうそう》される。

そのせいで目に飛び込んでくる……怖いくらいに充溢した、神居のものが。そしてシーツの上に横たわって転がる、蜂蜜の瓶が。あんなところに倒してしまっていたのかと思った。あんあん啼かされながらも、起こさなきゃ、と思った。

「あっあっ、あぁ…んっ、尊琉さ……っ、んっ、それぇっ……」

ずりずりとシーツの上を這い、蜂蜜の瓶に手を伸ばす。ぐちゅっと中で指が広げられた。背筋を駆け上がった快感に、「あーっ」と悲鳴を上げて身悶えてしまう。

「美都……」

唸るような低い声で、艶やかに呼ばれる。ゾクッとした。とてつもない色香だった。ムスクのような彼の甘い体臭が美都を包む。ビクビクっと四肢が痙攣《けいれん》し、達してしまうかと思った。先走りがどろりと溢れる。気持ちよすぎてわけが分からない。朦朧《もうろう》としながら、「それっ」と手を伸ばした。その手に熱い肉塊を押しつけられた。

「え……？」

「きみからも求めてもらえるなんて、夢みたいだ」

違う、蜂蜜の瓶、――なんて思考は、手の中の昂りの、あまりの存在感に吹き飛ばされる。

「おっきい……！」

思わず、先端に舌を伸ばしていた。舐めたくて。この人の指と同じくらい、美味しそうに見えて。

「ッ！　煽るなっ！」

ぐるっと視界が回った。手の中から愛しい熱が奪われる。背中がシーツの海に沈み、体を折り曲げられそうなくらい両脚を抱え上げられていた。

大きく開かされた脚の間に、神居が割り込んでくる。均整の取れた上半身。割れた腹筋。そして怖いくらい存在感を放つ、彼の屹立。その灼熱《しゃくねつ》の杭《くい》が、ひたりと蕾に宛がわれた。

「美都、愛してる！」

「……あーっ！」

火の塊に体を貫かれたかと思った。

熱い、苦しい、苦しい、苦しい……。息ができない。ひくひくと喉を引きつらせる。瞼の裏にチカチカと星が瞬く。ものすごい衝撃に体が引き裂かれた気がした。弾け飛んで、跡形もなくなってしまったのではないかと思うくらいの衝撃だった。

「……っ、息を、ゆっくりと……美都、大丈夫か……!?」

頬を撫でてくれる大きな手に、ひくっと喉が震えた。唇を拭われ、無意識のうちに舌を伸ばす。

そうしたら指とともに空気が口の中に入ってきた。すぅっと肺に酸素が送り込まれる。はっはっと小刻みに、浅い呼吸ができるようになる。

「すまない。苦しいよな……!?」

うっすらと瞼を上げると、そういう神居の方が苦しそうに顔を歪めていた。折りたたまれた自分の体と、ぴたりとくっついた下肢も視界に入る。すごい、くっついてる、と思った。自分の中に、神居が入っている。男同士なのに、ちゃんと繋がれている。

「……うれ、しぃ……っ！」

零れた言葉に、神居が息を呑んだ。そしてその眸に、愛しさが溢れるのを見た。

「どうしておまえはそんなに可愛いんだ!?」

怒ったみたいに叫んだ神居は、ガッと腰を打ち付けてきた。

「ああっ!?」

仰け反って嬌声《きょうせい》を上げてしまう。じぃんと繋がっている場所が痺れた。その余韻に浸る間もなく、ガッガッガッと腰を打ち付けられる。

獰猛な獣のような腰遣い。体が炎に包まれたみたいに、荒々しい熱に翻弄《ほんろう》される。めちゃくちゃに揺さぶられ、裏返った声で啼き続けてしまう。その唇を塞がれる。奥を抉《えぐ》りながら呼吸を奪われ、敏感になった胸の突起を情熱的にいじられて、美都はただただ彼に縋りついていた。

四肢を絡め、背中に爪を立て、律動に振り落とされないように必死になる。けれど神居の動きは予測できなくて、翻弄されるしかなかった。

きっと、何度か達していた。自分でももう分からない。ぐずぐずに下半身が溶けている。繋がっている場所の感覚なんてもうないくらいなのに、中を擦る灼熱の存在感は感じ続けている。セックスとはこんな獣じみたものなのか、と朦朧とする頭の片隅で思った。喰われているみたいだと、胸が震えた。食べてしまいたいくらい愛しいという感情を、美都もこの腕の中の人に対して覚えている。気持ちよすぎて、愛しすぎて、がぶがぶと恋人に噛みついてしまう。このまま溶けてひとつになってしまいたい。本気でそんなことを願った。

はぁはぁと荒い呼吸がふたり分、重なったり呼応し合ったり、鼓動とともに音楽のように絡み合う。

言葉などもうなかった。けれど互いにどれだけ愛し合っているのか、触れ合う肌のすべてから伝わっている。

神居が呻き、中に放たれたのを感じた。美都も、あっ、あっ……と痙攣し、もう吐き出すもののなくなった力ない昂りを震えさせた。全身が幸福に満たされる。本当にもう、この人がいない人生なんて考えられないと美都も思った。

吐精した神居はしばらく呼吸を整えていたが、ぐったりとしている美都の体を抱え起こし、膝の上に乗せて座った。繋がったまま。

下半身を襲う甘い痺れに、彼の胸に倒れ込みながら美都は身を震わせる。

汗に濡れた逞しい肩に頬ずりする。こめかみに神居のキスが降ってきた。その唇を求めて顔を動かすと、ちゅっと唇を啄んでくれる。胸がじんわり温かくなる。もうとっくに数えきれなくなったキスは、それでも美都に幸せをくれる。

深く唇を合わせ、抱き締め合った。口元に指を持って来られたら、当たり前のように舌を伸ばす。ぺろぺろ、舌を動かしたら……ぐんっと中のものが体積を増した。もうくたくたなのに、欲情されていることに美都も興奮した。

ぺろぺろ、ぺろぺろ、舌を動かす。下から緩く突き上げられた。じんっと下肢が痺れる。逞しい首に腕を回し、胸をぴたりとくっつけた。神居の胸を叩く鼓動の力強さに、この人の生命が愛しいと思った。

再び下から突き上げられる。軽い動きだったものが、次第に激しさを増してくる。すごい、気持ちいい、とたぶん喘いでしまった。何を言っているのかもう分からない。声になっていたのかも分からない。中でまた神居が弾け、今度はうつ伏せに寝転がされた。後ろから挿入される。腰を摑まれ、そこだけが触れ合っている。それはまた新たな快感を生んだ。征服されているような気がして、神居がそう望んでくれている気がして、欲望をぶつけられることが嬉しい。

もう絶対に、美都が望むなら恋人だなんて、そんな臆病な優しさは赦してやらない。美都が欲しいと、我を忘れるくらい渇望《かつぼう》すればいい。

(尊琉さんは、僕のだ……！)

もう何度目か分からない精を最奥《さいおう》に放たれながら、恍惚《こうこつ》と胸に抱いていた。

＊　＊　＊

箍が外れたように何度も抱き合って、ほとんど気絶するみたいに眠りについた。

病室内に備え付けられたバスルームで神居に身を清めてもらったような記憶もうっすらとあるが、あまりにも疲れ果てていて夢か現実か判断がつかない。

翌朝。予告通り五時半に迎えに来てくれた秋日は、神居のシャツを借りてくったりとしている美都に「あらら～、これはこれは……社長は予想以上のケダモノでしたか～」と大ウケだ。

昨夜ここで何があったのかバレバレらしい。恥ずかしすぎていたたまれない。

「っていうか、声～。社長はもう万全なのに今度は美都さんが。吸い取られました？」

その表現はあながち間違いではないかもしれない。喘ぎすぎて掠れた声が恥ずかしい。

しかし美都が発熱していることを知ると、秋日はさくさくと世話を焼いて今後の対策を提案してくれた。

「案一、当初の予定通りスーツケースに入っていただいて脱出、私が看病する」

「却下」

間髪容《かんはつい》れず、神居に退けられる。秋日の言う「でしょうね～」とはどういうことか。

美都は慌てて「大丈夫ですよ、入れます」と主張したが、スーツケースに歩み寄ろうとして足元が覚束なくなり、神居に抱き留められた。「生まれたての小鹿ですか～」とツッコまれる。

「でも僕は運んでもらう方だから、問題ないですよね？」

「問題はそこじゃないですね～。片時も離すつもりはないって、そこの熊の人が私を威嚇《いかく》してきてますからね〜。やめてくださいよ。普通に降参ですよ」

威嚇？　と見上げると、とろけそうに優しいまなざしで「ん？」と瞼にキス。

「社長！　分かりました。もう分かりましたから、やめて〜。独り身にはつらいです〜」

どうしよう。神居の一挙手一投足《いっきょしゅいっとうそく》が甘すぎる。

「案二。開き直って、医療スタッフをここに呼ぶ。そして恋人宣言」

「いいな」

「ダメです！　そんなの、尊琉さんの迷惑になりますっ」

「では他に案がありますか？　どうぞ、美都さん」

いきなりエアマイクを向けられて、「えっ、ええっと……」と困惑する。熱があるせいか、スーツケースに入ってそのまま隠れている……などと非現実的なことしか思いつかない。

「では私から提案しよう。案二のアレンジだ。医療スタッフをここに呼び、美都の診察をさせる。しかし素性は隠し、処置後すぐに私とともに退院する。どうだ？」

「えっ、でも尊琉さん、体調は……？」

「全快だ。きみの手厚い看護のおかげで」

再び瞼にキス。秋日の前ではやめてほしい……と思いつつ、きゅんとなってしまう。

「ハイハイ、分かりました〜。もういっそその路線でいってください〜」

「さすが秋日、話が早いな」

彼らの間では何か通じ合っているらしいことが、美都には分からない。ちょっと悔しい。

「先日お話しした通り、この状況下で専務がどう動くか見極めるために社長は檻の中でおとなしくされていただけなので、今すぐ退院されても大丈夫です～」

「それなら僕がわざわざ診察してもらわなくても、一緒に抜け出せばいいってことですよね？」

「そこが案二のアレンジですよ～。はっきり恋人宣言じゃなくて、イチャイチャを見せつけて推測させるってことですよね、社長？」

その二つの違いが分からない。結果は同じでは。

「恋人だと私が宣言すると、専務はもう手が出せなくなる。しかし私の『恋人』の存在に気づいた医療スタッフが自主的にご注進《ちゅうしん》したという形なら、彼は急いで動かざるをえなくなる。『恋人』の素性を調べ、山の買収話を進め、おそらく娘をけしかけようともするだろう。なんとしても手柄を立てて、結婚話を実現するために」

「あっ。昨日、父が協力してくれることを秋日さんに報告しましたが……」

「もちろん社長にご報告済みですよ～。そして追加情報です。専務が昨夜遅く、例の代理人弁護士と接触してます。お父様がさっそく何か動いてくださったのではないでしょうか？」

慌てて自分のスマホを確認すると、「弁護士にメール送っておいた」と一言だけメッセージが届いていた。

「よし、では作戦決行といこう。素性が知られないように、何かニックネームを考えなければ」

「『ハニー』『ダーリン』とでも呼び合っておいたらいかがですか～？　歴代の彼女にはクールだったあの社長が!?　って動揺が走って一石二鳥《いっせきにちょう》かと～」

（……歴代の彼女？）

こんなにすてきな人に彼女がいなかったわけがないと分かっていても、ショックを受ける。

「美都……まさか、嫉妬してくれているのか？」

「っ！　……すみません。僕、心が狭いですよね……」

「何を言う。美都の愛らしい嫉妬は私を有頂天《うちょうてん》にさせるというのに」

「ハイハイハイ、とっとと詳細決めますよ～ばかっぷるさん。まずはご実家への連絡ですが……」

作戦を立て、六時になるのを待ってから決行した。

美都は「どうしても神居に会いたくて夜中に忍び込んだ秘密の恋人」という設定で、解熱剤と痛み止め入りの点滴をしてもらう間、ずっと神居に背中から抱っこされて「ハニー」と呼びかけられるという羞恥の拷問《ごうもん》を受けた。

医療スタッフはあまりの事態にパニック状態。神居は完全に開き直った様子で、甘いまなざしも行動も一切隠そうとしない。

「傷薬をくれ」と要求し、看護師が美都に触れようとすると、「誰にも触れさせたくない。私が塗る」と言い放った。その傷薬、どこに塗るつもりですか……と一晩中擦られ続けてひりひりしている部分があるだけに、恥ずかしすぎて看護師の顔が見られなかった。

ひとしきりそうして見せつけまくり、点滴を終えると、神居は美都を連れてさっさと退院してしまった。イチャイチャしている間に秋日がすべての段取りを整えていて、車で颯爽《さっそう》と出発。

到着したのは、神居のマンションだった。一人暮らしのその家は、上質ながら無駄なものがないというシンプルかつコンパクトにまとまっていて、社長室の奥の部屋を彷彿《ほうふつ》とさせた。

(あの部屋は秘密基地みたいって思ったけど……尊琉さんが熊になれるって知った今は、冬眠とかを連想しちゃうな……)

神居のベッドに寝かされて、今は少しでも休むように言われた。申し訳ないと思いつつ、実際、熱のだるさと慣れない姿勢をいろいろと取らされてしまったせいで体中が悲鳴を上げている。点滴のおかげでずいぶん楽になったが、それでも横になると途端に睡魔に襲われる。

(尊琉さんは大丈夫かな……寝てないのは同じなのに……)

とろとろと眠りに引き込まれつつ、そう考えていたら、無意識のうちに神居の手を握っていたらしい。

「秋日、見てくれ、この手を。美都が可愛すぎる。添い寝してもいいだろうか」

「添い寝で済むなら止めませんけど～?」

「無理だ。今は耐えるしかないのか……!」

神居の声を最後に、ふっと意識が途切れた。

次に気が付いた時には、すでに日が高くなっていた。ベッドの傍らには、三つ揃いのスーツに身を固めた神居がいた。

「具合はどうだ?　水分を取った方がいいが、起きられるか?」

こつんと額を合わせて囁かれたら、違った意味で熱が上がりそうなのだが。

甲斐甲斐しく世話を焼かれて、それが嬉しいと感じている自分が、なんだか不思議だった。世話を焼かれるより焼く方が落ち着くと、ずっと思い込んでいたのに。

（尊琉さんだからかなぁ……？）

甘えたい気持ちが湧いてきて、大きな手のひらに頬ずりする。神居が息を呑んだ。キスしてくれるのかな……と期待したが、彼の向こうに胡乱《うろん》げな目をした秋日が見えて、ひゃっと跳びあがる。いつから見られていたのだろう。

「もしもーし、そこのばかっぷるさーん。イチャイチャ中のところ恐れ入りますが、そろそろ行きますよ～」

「そうだった、すまない。可愛い花嫁の前では、すべてのことが無に帰《き》してしまう」

「はー……社長ってこういうゲロ甘タイプだったんですね……。長年お仕《つか》えしてきましたけど、今ちょっと初めて砂吐きたいです～」

などと言っているが、彼らこそそんな会話が楽しそうで羨ましくなってしまう。

「美都さん、すみません。実は先ほどお父様から連絡があり、こちらで対応させていただきました。社長と私が協力者であることをお伝えくださっていたおかげで、スムーズに話が進みました。ありがとうございます」

「あ、いえ。こちらこそ。父はなんて？」

「なんとびっくり、本日の十六時に代理人弁護士が専務を連れてご実家に伺うと連絡してきたそうです～。売却した際の利点について詳しく説明したいだけだと押し切られたそうですが、おそらく今日中に判を捺《お》させようという魂胆《こんたん》だと思われます～」

まさか本当にこんなに早く動くとは。

「というわけで、私と社長が先にご実家にお邪魔して待ち伏せすることになりました。美都さんはこのままここでお休みになって…」

「僕も行きます」

自分の家族のことなのに、人任せにするなんてありえない。それがいくら神居たちだとしても。どんなに反対されてもついていく、という気合いでいたのに、「そう言うと思った」ととろけそうな笑顔で頬を撫でられる。

「体への負担を最小限に移動できるよう、ヘリの手配をした。ともに行こう」

ヘリコプターとは、そんなに軽率に手配されてしまっていいものだろうか。

戸惑いつつも、神居の判断の正しさには後で感服することになる。マンションの屋上にあるヘリポートから実家の隣町にあるヘリポートまで、まさかの二十分強。車で三時間かかる距離が、文字通りひとっ飛びだった。そこから残りの距離だけ車で移動。時間も体力も余裕で先回りできてしまった。

家族とは昨日メドヴェーチで会ったばかりなのに、ものすごく久しぶりな気がした。

父は神居に対してまだぎこちないものの、助けてくれた礼も言い、素直に打ち合わせに応じてくれた。問題があるのはむしろ晴人の方だった。やたらと神居を睨み付けるというか、威嚇するというか……理由には心当たりがある。

（そういえば、家族に尊琉さんのこと好きって言っちゃったって、言うの忘れてた……）

耳打ちしようかと迷ったが、今は専務を迎え撃つことに集中した方がいいに違いない。

綿密な打ち合わせをして、応接間に隠しカメラを設置。義母と健斗と知華は勝手口から近い居間に隠れておいてもらうことにして、父と晴人が専務に対応、美都たちは応接間とは襖《ふすま》で隔てられただけの仏間で待機することにした。

これで準備は万全。あとは専務たちが山の買収を迫ってきたところを映像に残し、それを神居が持ち帰って親族会議にかける——という手はずだったのだが。

時間になり、インターフォンが鳴った。父と晴人が玄関へと出て行く。ところが一向に彼らは応接間にやって来ない。

（……どうしたんだろ）

神居たちと顔を見合わせて、しばらく様子を窺ってみたものの、五分経っても十分経ってもまったく動きがない。微かに人の話し声は聞こえてくるため、専務たちが来ていることは確かなはずなのだが。

「思ってた以上に警戒心の強い人だったのかもしれませんね～」

秋日がこそりと囁く。どういう意味だろう。

「今まで取りつく島のなかったお父様から急に連絡があって、飛びついてはみたものの、何か裏があるのではと勘ぐっているのだと思います～。玄関で粘って逃げ道を確保してるのかも。しまったなぁ」

「作戦変更だ。私が出て行って話をする」

「えっ。そんなことしたら、尊琉さんの立場が悪くなったりしませんか？」

持ち込まれた映像を見て厳正に対処したのではなく、おびき寄せたとバレてしまう。

「元々、私が対峙《たいじ》すべき問題だったのだ。ご家族を巻き込んですまない」

「そんなふうに言わないでください」

美都自身、家族を巻き込んでしまうことを心配していたというのに、神居に言われると他人行儀だと悔しくなった。自分はもう恋人なのに。

「僕が縁側から玄関に回って、様子を探ってきます」

「駄目だ。体調の優れない恋人にそんなことをさせられるわけがないだろう。おとなしくしてなさい」

眉を吊り上げて命令された。ちょっと、きゅんとしてしまう。いつもこれ以上ないほど紳士な人だから、稀《まれ》にワイルドな部分を見せられるとギャップにときめく。

（昨夜も「おまえ」って言われたの、ドキッとしたな……）

ベッドの中でのことを思い出してしまい、頬が熱くなる。「ほら、顔が赤い」と言われたが、理由を説明できるわけがない。

「声が聞こえる位置まで私が行く」

「でも、もし鉢合わせしたら!?」

こそこそと意見を交わしていると、突然、縁側の方でカラカラと音がした。東西に並ぶ応接間と仏間の、南側に位置する縁側。まさか専務がこちらに来たのか!?　と身構えた。

しかし縁側と仏間を隔てる障子《しょうじ》を開けたのは義母だった。そしてその後に続いて入ってきたのは、一瞬熊かと見紛うような毛むくじゃらの大男。たった今、山から下りてきたばかりかのように、汚れで茶色く変色したTシャツとジーパンという出《い》で立ちだ。

叫ばなかった自分を褒めたい。熊恐怖症はもう克服できたと思っていたが、熊は熊でも熊のボスのような迫力には怯んでしまった。けれど義母はまったく恐れることなく、にこにこしている。

この人は、一体――？

「お祖父様《じい》！　なぜここに⁉」

神居が小声で叫ぶ。秋日が「大祖父様《おおじい》～！」と同じく小声で歓喜の声を上げて抱き着いた。一瞬にして、「ウッ、臭いです～」と離れたが。

ということはつまり、この人は先代社長の神居一志か。

「いや～、びっくりしたよ。ゴロちゃんの命日だったし久しぶりにお墓参りしよっかなって訪ねてみたら、なーんか聞き覚えのある声がお山売ったらなんだかんだーって言ってるじゃない？　おったまげたねー。だからお勝手口に回ったら、爽子《さわこ》ちゃんがいてさ」

「一志さんが来られるタイミングって、いつも神がかってますね」

「神居だけに？　あっはっはー」

一志と秋日は確実に血縁者だ。

「お祖父様、メールはご覧くださいましたか？　逐次《ちくじ》ご連絡を入れていたのですが」

「え、そうなの？　ごめんよ。ケータイはロシアの山ん中でオオカミに追っかけられた時になくしちゃってねぇ。東京に戻ったら新しくしようと思ってたんだよねぇ」

「狼との戦いの話も気になりますが、今はこちらの件が先です。実は…」

「作戦のことなら爽子ちゃんから聞いたよー。どうする？　作戦変更して、熊姿で脅しでもかけてみる？」

物騒《ぶっそう》なことを言いながら、瞳がキラキラ輝いている。

「いいえ、あの弁護士は一般の人間ですから、それは得策《とくさく》ではありません。私に任せていただけませんか？」

「もちろん、どーぞー。今はきみが神居家の当主だからね。僕は全面的に従いますよ」

「では、お祖父様は秋日とともに玄関側へ回り、外から成り行きを見守っていてください。そして美都と、爽子さん――お義母様は、私と一緒にこちらへ」

ドキッとした。義母は「まあ、お義母様ですって」と嬉しそうに頬を染めているが、それはどういう意味での反応だろう。

よく考えたら、美都は神居との関係をはっきり言わなかった気がする。

たとえ熊でも自分は好きだと、ただそれを伝えることに必死になってしまって。

この件が片付いたら、恋人同士になれたときちんと報告したい。そのためにはまず、伝えてもいいか神居に相談しなければならないけれど。

(駄目だ。余計なことを考えるな。今はとにかく目の前のことだけに集中しよう)

二手に分かれ、美都と神居たちは応接間側から玄関に向かった。廊下の手前までくると、専務のがなり声が聞こえてくる。「馬鹿にしてるのか！」という怒鳴り声に身が竦《すく》んだ。けれど宥《なだ》めるように背中をするりと撫でられて、ふにゃんと力が抜ける。もう少しで腰砕けになるところだった。

（もうちょっとお手柔らかにお願いします……！）

無言の訴えを視線で送ると、とろけそうに優しいまなざしで見つめ返されてしまう。そればかりか、そっと耳朶《じだ》に唇を寄せられた。

「許してくれ。きみを攫《さら》うよ」

（……え？　それってどういう意味？）

それ以上の説明はされず、神居は廊下に出る。美都と義母も続いた。

玄関で立ったまま肩を怒《いか》らせていた専務が、神居を見るなり幽霊にでも遭遇したかのように蒼《そう》白《はく》になって固まった。父と晴人は困惑した様子で、弁護士は何かを察したのか一歩後ろに引いた。自分は関係ないとでも言うように。

「お話し中に失礼します。来客予定というのは、専務のことでしたか。こんな偶然があるのですね」

負の感情など一切見あたらない、いかにもメドヴェーチ社長という紳士的な態度。

「しゃ、しゃしゃ社長!?　なぜここに!?」

「春原家に大事な用があってね。いてもたってもいられず、急に押しかけてしまったのだ。あなたの方が明らかに先約だ。申し訳ない」

「いやっ、いやいやそんな！　滅相《めっそう》もない！　ワシはこれで失礼を……」

「せっかくだから、あなたには一族の代表として見届けてもらえないだろうか？」

「…………見届け……え？……一族の代表として？」

今にも逃げ出しそうなほど腰が引けていた専務が、急に前のめりになった。

「ええ、頼みます。そして証人になってほしい」

「……ワシで務まることでしたら！」

「感謝します」

優雅に微笑みかけ、「では」とくるりと身を翻す。父と晴人、義母がいる方を正面に。

ふと気づけば、廊下の奥から健斗と知華もこちらを覗いていた。

神居は、スッとその場に膝を折る。まるでこれから武術を披露するとでもいうような、美しく、洗練された所作で正座した。そして――。

「お義父様、お義母様、――晴人くん、健斗くん、知華さん。――どうか、美都くんとの結婚を、許してください」

（…………………え？）

空気が凍る。何が起こったのか分からなかった。

誰一人身じろぎできない中で、神居だけが美しい所作で両手をつき、土下座する。

「絶対に、幸せにすると誓います。病める時も健《すこ》やかなる時も、共にいたいのです。一生、傍に」

「つ、僕も！」

慌てて、神居の隣に同じように正座して土下座する。急に動いたせいで四肢に痛みが走ったが、歯を食いしばって耐える。

「……っ、僕も、尊琉さんの伴侶《はんりょ》になりたい。このひとをもう一人にしないっていうのは心に決めてるけど、でも、お互いが特別っていう形がほしい。尊琉さんを誰にも奪われたくないんだ」

「美都……！　なんて愛らしいことを……！」

ガバッと身を起こした神居が抱き着いてくる気配がしたから、「だっ、ダメですよ今はっ」と慌てて止める。

晴人と視線がぶつかった。完全に目が据《す》わっている。

（っ！　ごめん、晴人……！）

父は呆然と、義母は頰を両手で挟んではわはわしている。どうやら義母は喜んでくれているらしい。

「なっ、ばっ、……何を馬鹿なことをおっしゃる！　あなたは神居の当主ですぞ!?　一族の未来を閉ざすおつもりか！」

「誰にものを言っている？」

凜とした声だった。

専務に視線をやった神居が静かに告げたその声音に、ピンと空気が張りつめる。

静かな迫力。それがこんなにも凄《すさ》まじい力を持っていることを、初めて知る。

これが当主の顔なのか。

変化能力の強い個体に従属したいという欲求とか、全面降伏してしまいたくなる衝動とか、一族ではない美都には分からないと思っていたが……これは、確かに。

恐れると同時に、強く惹《ひ》かれた。そしてまだ知らない顔があるのだということに、悔しさを覚える。

「一族の未来を閉ざす？　あなたが勝手に思い描いていた、自分に都合のいい未来が手に入らなくなるだけでしょう。残念だが、そんなものははじめから存在しなかったのだ」

「ちっ、ちがっ！　ワシは、一族のことを考えてッ！」

「当主である私や、先代である祖父の意向に逆らい、これまで友好な関係を築いてきた春原家を騙《だま》し討ちにすることが一族のためだと？」

「誤解ですッ！　騙したりなど！　かっ、金だって、こんな資産価値のない山にはもったいないほどの大金を…」

「黙れ」

専務が硬直した。無礼な物言いに瞬間的に怒りを抱いた春原家の誰かが反応するより早く、神居が斬《き》り捨てた。

年齢的には親子ほど離れているふたりの、絶対的な力関係がひしひしと伝わってくる。

「あなたの処遇については、改めて一族の審問にかけさせてもらいます。そんなことより、私にはこちらの方が大事だ。――お義父様、お義母様、晴人くん。そして健斗くんに知華さん。どうでしょう？　――私のこれからの人生を、美都くんとともに歩むことを、赦していただけますか？」

「ゆるす！」と知華が奥から駆け寄りながら叫び、それを追いかけながら健斗が「ねぇねぇ男同士って結婚できんの？」と疑問を投げかけ、義母が「そのうち日本でも法改正されるんじゃないかしら～。ねえ、弁護士さん？」と敵対していたはずの弁護士に突然話を振るものだから、「へっ!? はぁ、まぁ、世界の流れ的にそういう可能性はないとは言い切れませんね」と普通に答えてくれる。根っから悪い人ではないのかもしれない。

義母が、美都たちと同じように正座して、向かい合ってくれる。その隣に父、そして晴人も。健斗と知華まで加わって、玄関先であるにもかかわらず改まった雰囲気になる。

「神居さん、私は、美都を幸せにしてほしいなんて言いません。だってこの子は、自分で幸せになれる子ですから。ただ、いつでもちゃんと美都のことを見ていてください」

「もちろんです」

「簡単だと思ってるでしょう？　だから言うんです。いつかあなたたちの感情が恋じゃなくなって、家族の情へと移行していった時、そこにいるのが当たり前だと目を離さないで」

義母の言葉は、考えてもみないことだった。こんなにも神居が好きで、好きで……この恋がなくなる日が来るなんて思えないのだが。

「人は変わるの。一緒にいてもそれぞれが変わっていくの。だから気づかないうちに別々の道を進もうとしていないか、ちゃんと見ていて。常にお互いが少しずつ軌道修正をしていくのが、結婚生活というものよ。だから美都も、何か問題が起きた時に、自分がいない方が神居さんのためだとか勝手に決めて身を引いたりしないで。ちゃんと神居さんと向き合って。約束できる？」

まさか義母は、美都が家族に対して勝手に抱いていた微妙な感情に気づいていたのだろうか。初めてそう思った。

それでも見守って、美都が離れすぎてしまわないように心を砕いてくれていたのだろうか。毎月義母から送られてくる農作物が、不意に、家族と美都を繋ぐ命綱《いのちづな》だったように思えた。

（蜂蜜だけじゃなかったんだ……）

祖父の蜂蜜が、家族と自分を繋いでくれていると思っていた。ひとりで勝手に、思い出に縋って生きていた。

今までの自分の生き方が間違っていたような気がした。――けれどすぐに、違う、と思った。こんなにふうに生きてきたから、神居と出逢えたのだ。自分の取ってきた行動の一つ一つが、今振り返ってみると、この場所へと繋がるただ一本の道に思えた。

「尊琉さんとちゃんと向き合って生きていくって、約束するよ」

きっぱり言い切ると、神居に手を握られた。

思わず見上げる。これ以上なく愛しさを湛《たた》えた眸に見つめ返される。きゅんと胸が高鳴った。

「今はいいから！　見せつけなくて！」

晴人にツッコまれ、一瞬神居しか見えなくなっていた自分を恥じる。

「父さんは、美都がそう望むならそれでいいと思う」

おずおずと口を開いた父。自分を尊重してくれているのだと今はわかる。少し淋しいけれど。

「お義父様、一つお聞きしてもよろしいですか？　私の特殊な体質のせいで反対される覚悟をしていたのですが、――美都くんがこの山の跡取りではないからどんな怪しい者と結婚しても構わない、ということですか？」

「尊琉さ…」

「そんなわけがないだろう！」

びっくりした。こんなふうに怒鳴る父を見るのは、人生で二度目……先日の騒動と、今だけだ。

「本当のこと言ったら、反対だ。反対に決まってる。俺のせいで美都には小さい頃から淋しい思いをさせてきた。だからこそ奥さんもらって、子どもたくさん授《さず》かって、幸せな……幸せな家庭を……」

身を乗り出してまくしたてていた父は、突然、ボロッと涙を零した。顔をくしゃくしゃにして、嗚咽《おえつ》を漏らす。

「……そうやって反対しようと思ってたら、晴人に叱られました。『兄ちゃんの人生は父さんのためにあるんじゃないぞ』って。『女と結婚して子ども作ることが幸せっていうのは、父さんの基準だろ』って。……頭、カチ割られました」

驚いて……心の底から驚いて、晴人を見る。目を据わらせて口をへの字に曲げながらも、頬がうっすらと赤い。

「晴人くん、ありがとう」

「あんたのためなんかじゃねぇ！　兄ちゃんのためだ！」

「だからこそ、ありがとう。美都にとって家族はこの世で一番の宝物だから」

「うそくせぇ。あんたが一番になったから、結婚するんだろ」

「違うよ！」

考えるより先に叫んでいた。

「増えただけだよ、一番が。入れ替わったわけじゃない。種類が違って、同じ一番なんだよ！」

「じゃあ、俺とその熊男が崖から落ちそうになっててどっちか一人しか助けられなかったら、兄ちゃんどっちを助けるんだよ!?」

「ええっ!?」

まさかそんな古典的な問いかけを、おとなびた言葉で父を説得してくれた弟からされるとは思ってもみなかった。

「ほら、答えられないじゃん！」と憤《いきどお》る晴人に、「晴くん、あほだ」「ブラコンはずかし〜」と弟妹が口を挟むものだから、三人で兄弟喧嘩《げんか》が始まってしまった。これはどう収拾をつければ。

「大丈夫だ、晴人くん。私はとっとと自力で這い上がり、美都と一緒にきみを助ける」

「そういう話じゃねぇ！」

「そういう未来も作れるということだ。決められた選択肢から必ず選ばなければいけないとしたら、それは自分で切り拓《ひら》いた人生とは言えない。私は美都となら、無限の可能性を探し出せると確信しているよ。だから、美都――」

握った美都の手を持ち上げて、神居がポケットから小箱を取り出した。やけに高級感の漂う純白のそれに、まさかそれは新しい蜂蜜の包装パッケージだろうか？　と思ったのだが。

「きみの指に、私の誓いを嵌めてもいいだろうか？」

指輪だった。ぱかりと開けられた小箱の中央に、美しく輝いている。眩《まばゆ》いほどの……これはダイヤモンドだろうか。宝石が、何かを彷彿とさせるような不思議な形をしている。雫《しずく》型というには歪《いびつ》な……。

「あっ、ハニーディスペンサー……？」

「正解。メドヴェーチのハニーディスペンサーと同じデザインだ。邪道かな？」

「嬉しいです！　——本当に、嬉しい……」

左手の薬指に、そっと指輪を嵌めてくれる。ぴたりと嵌まり、まるで神居に抱き締められているような感覚を覚えた。

瞳が潤んでしまう。家族の前で泣くなんて恥ずかしいと思った。けれど義母が感激したように泣き出して、それに釣られたのか父もさらに大泣きを始めたせいで、我慢できなくなってしまう。

ほろほろと涙が頬を伝った。

考えてみたら、家族の前で涙を零すのは祖父が亡くなった時以来だ。

「尊琉さん……僕……」

この気持ちを伝えたい。それなのに言葉にならない。もういっそ抱き着いてキスでもしてしまいたい。

しかしそんな浮かれた気分は、専務の「ワシは認めんぞ……！」という憎悪を含んだ唸り声にかき消されそうになった。ところがさらに、その次の瞬間。

「おうっおうっ」——オットセイのような鳴き声が玄関の外から聞こえてきた。そして姿を現す、熊男。もとい、神居一志。

「おめでどおーっ！　げっごんおめでどおーっ！　おうっおうっ、よがっだなあああーっ」

号泣しながら拍手で現れた前当主の存在に、専務は驚愕しすぎてひっくり返った。

三和土《たたき》に尻餅《しりもち》をつき、一志を凝視する。

「徳介ぐん、びざじぶり〜。ぎびが尊琉の愛の証人になっでぐれるが〜！　ぞうが〜！　ありがどうなあああーっ！」

膝をついて専務の手を握り、おうおうと泣き続ける一志に、「……は、はい。喜んで」と毒気を抜かれたように頷く専務。

気づけば秋日も玄関先で、同じように号泣して拍手しまくっていた。曾孫《ひまご》と曾祖父というよりは、親子のようにそっくりだ。

思わず神居と顔を見合わせ……同時に噴き出す。

笑いながら、唐突に気づいた。

(あっ……尊琉さんと結婚したら、僕は秋日さんたちと親戚になるんだ)

とても不思議な気がした。

美都はただ神居が好きで、一族の重圧を背負って孤独な戦いを続けているこの人を、もうひとりにしないと心に決めただけだったのに——結婚したら、美都にも家族が増えるのだ。

美都だけではない。美都の家族にとっても。

結婚というのは、家族と家族が繋がるということなのだ。

それはなんて特別で、幸せなことだろう。

両親と弟妹たちの涙まみれの笑い顔と、神居が大切にしている秋日や一志たちの笑顔の号泣顔が、同じくらい輝いて見えた。

いつか……専務のことも、そして神居一族の人々のことも、家族として大切に思える日が来るだろうか。

来ればいい、と思った。神居がくれた素晴らしい縁を、紡いでいける人間になりたい。

(尊琉さんに出逢えてよかった……)

誓いの指輪が光る手を、神居の大きな手としっかり繋ぎ、この人へと繋いでくれたこれまでのすべてのことに美都は感謝した。

＊＊＊

それからの一ヶ月は怒涛《どとう》の日々だった。

まずは実家から戻った翌日、気が付くと美都は新居に引っ越していた。

店が終わると神居に車で攫われて、無人のマンションの部屋を三軒見せられ、緑豊かな公園が借景《しゃっけい》となる部屋を「僕は好きです」と何気なく言ったら、「では、あの部屋にしよう」と言われた。

もしかして神居が引っ越すのかな……と思いつつ、料亭での食事を終えて、家に帰る……はずが、またあのマンションに戻ってきた。

頭に疑問符を躍らせながら神居について部屋に入ると、なんと数時間前にはガランとしていた部屋に家具が運び込まれていて、そのうちのいくつかがどう見ても自分のアパートにあったものなのだ。呆然としていると、逞しい腕に抱き寄せられて甘いキスをされたものだから、うっかりふにゃんと力が抜けてしまった。

そんな状態で「おかえり」と唇を合わせたまま囁かれたら、「……ただいま」と答えてしまうのは当たり前というもので……。

その日から、美都が帰る家は神居と同じになった。

神居は想像以上に、美都への愛をまったく隠そうとしない。朝も昼も夜も隙あらば抱きしめてきて、キスをする。

店でもやたらと構ってくるもので、とうとう先日、先輩たちから、

「春原くん、受け入れられないならちゃんと拒むんだぞ？　拒んでも内定取り消しには絶対ならないから。社長はそういう公私混同するような人じゃない」

と真剣にアドバイスされてしまった。

そのことを神居に話して、店ではもうすこし控えめにしてほしいとお願いすると……。

「なぜだ？　パートナーだと公表すればいいだけではないか」

とんでもないことを、当然という表情で言いだした。

「っ、駄目ですよ⁉　だって尊琉さん、社長なのに」

「社長だからこそ、美都に恋をする従業員が出てくる前に釘を刺しておかなければ。恋敵との決闘のつもりがパワハラになってしまっては大変だからな」

「……ありえないと思います」

「ありえないわけがない。私の美都はこんなにも愛らしいのだから」

真顔で何を言うのか。

そうツッコミたいが、話しているうちにソファに腰掛けた神居の膝の上に座らされて、『琥珀の幻夢』を摘めたハニーディッパーを口元に持ってこられたら、もう……。

そうして何度もうやむやにされつつも、美都が諦めずに話を振り続けたら、とうとう神居は約束してくれた。

「分かった。正式に結婚式を挙げるまでは、秘密にしておこう」

「け、結婚式ですか？」

「もちろん、引き出物は『琥珀の幻夢』で」

実家でのあの一件の後、専務は神居の祖父とともに一族の前で美都の存在を肯定《こうてい》してくれた。愛の証人として尽くしますと神居に誓い、それ以来、一族の中で株を上げている。

これまで自分の娘を嫁がせようと必死になっていた彼が、神居が本気で伴侶にと望んだ相手が現れた途端に野望を引っ込めたから、という認識らしい。秋日と一志が積極的に、人々がそう解釈するような物言いをしているというから、一族の人も疑う余地がないのだろう。すると不思議なことに、専務は自ら美都を花嫁として歓迎する言動を見せ始めた。人は変わるものだという義母の言葉が思い出される。

一方で舞姫には申し訳ないと思っていたが、一度じっくりと話し合いを持ったところ、彼女にはそもそも結婚願望がないことが判明した。

舞姫いわく、

「一族の者として強い個体にひれ伏したい願望はありますが、それと同時に耐えがたい屈辱だと感じてしまうのです。私にそんな感情を味わわせる雄には嫌悪さえ抱きます。尊琉さんは私にまったく興味がないと分かっていましたから、安心して隠れ蓑にさせていただいていました」

ということだ。美都との結婚を心から祝福してもらえた。

「話してみないと分からないものですね」

としみじみ言ったら、神居は優しく微笑んでくれた。美都が家族に対して、長年、勝手な思い込みでわだかまりを持ってしまっていたことを知っているから。

家族とはあれから、たびたび交流を持っている。実家を訪ねたり、こちらの新居に遊びに来てもらったり。

彼らもメドヴェーチの蜂蜜にすっかりハマってしまい、今ではマンションに来る一つの理由が、様々な種類の蜂蜜とそれを使った神居の手料理だったりする。

今も、美都は明日の家族の来訪に向けて、ハニーディスペンサーに蜂蜜を入れ替える作業をしていた。神居と一緒に。

「明日は本当にロシア料理でいいのか？　口に合うだろうか」

「もちろんですよ。それにぜひ、『森の神』のお話も聞かせてあげてください。僕、一族のルーツの話、大好きです」

初めてのドライブと河原でのピクニックランチを思い出し、えへへ、と照れ笑いしてしまう。

ちゅっ、と唇を盗まれた。この人はまた……と睨み付けたら、今度はハニーディスペンサーから垂れた蜂蜜を指で拭い、唇を摘まれる。

「……もう。作業が進まないじゃないですか」

なんて文句を言いつつ、ぺろり。神居の眸がとろける。

「私の話など、耳に入るだろうか。私の愛しいこぐまの家族は、みんな蜂蜜を前にすると夢中でぺろぺろし始めるからな」

ふふっと含み笑いながら言ったそれは、もちろん冗談だろう。しかし美都には、以前から気になっていることがあった。

言おうかどうしようか迷い……思い切って、口にする。できるだけ冗談めかして。

「どんなに他のこぐまのぺろぺろが可愛くても、浮気しちゃ駄目ですからね？」

「するわけがないだろう。私には最愛のこぐまがいるというのに」

もっと舐めろと促すように、指を唇に追しつけられる。抗議の気持ちを籠めて、カリッと歯を立ててやった。

「『こぐまのぺろぺろフェチ』が言うことは信用できません」

「ん？」

その怪訝そうな表情はなんだろう。

「……ちょっと待ってくれ。私は決してこぐま全般のぺろぺろフェチではないぞ」

「………何言ってるんですか？」

意味が分からない。

「あー……そうか。秋日の咄嗟の言い訳に乗っかってしまった私の責任だな。……美都、よく聞いてくれ。……できれば幻滅しないでほしいんだが」

深刻そうな物言いに、今度は一体どんな問題が？　と身構えた。

けれど、大丈夫。ふたりでなら乗り越えられる。そう心の中で再確認し、「聞かせてください」と頷いてみせたら。

「実は……七歳のきみが崖から落ちそうになっていたのを熊姿で体当たりして助けた時、蜂蜜まみれになったきみが必死にぺろぺろしている姿に、……恋に落ちてしまったのだ」

「………え？」

「雷が落ちたような衝撃だった」

やはりあの時の熊も神居だったのだ。はっきりと聞けて嬉しい。――が、恋？　七歳の美都に？

「つまり、『こぐまのぺろぺろフェチ』ではなく、『美都のぺろぺろフェチ』なのだ、私は。だから他の誰かに目移りするはずもない。はじめからきみしか見えていないのだから」

「え？　え？　……え？」

「だが当時のきみは七歳。さすがに年齢的に問題があるだろう？　だから会いたい気持ちを必死に抑えつけて、いつしか淡い初恋だったと懐かしく思い返すだけになっていたのだが——再会した日のきみのぺろぺろには本当に参った。——初恋の人に、また一目で恋に落ちてしまうとは」

苦笑した神居は、照れ隠しのように新たな蜂蜜を指に掬め、ついっと差し出してくる。

問い詰めたいことは山ほどあるけれど。

（……っ、こんなの、ぺろぺろするしかないじゃないですか——っ！）

心の中で絶叫し、甘い指に舌を這わせた。

あとがき

初めまして、こんにちは。水瀬結月と申します。この度は拙著をお手に取ってくださり、ありがとうございました。

今回はリブレさんでは初めての、もふもふものを書かせていただきました。

実は私の大好きなＢＬネタが「スーパー攻様と真面目な天然受」「王道ど真ん中」「もふもふ」なのです。そうです、全部詰め込みました！　少しでも楽しんでいただけたら嬉しいです。

挿絵はＣｉｅｌ先生が描いてくださいました。

ちょうど表紙と口絵のカラーを拝見したところなのですが、――おおぉ……！（地にひれ伏す）。本当に、本当に、本当に、美しい……！　語彙力を失うってこういうことか……と思い知らされました……美しい……。本来は可愛いものの代名詞であるはずのケモミミが、Ｃｉｅｌ先生が描いてくださるとこんなにかっこよくなるのか……！　と担当さんと騒いでしまいました。

熊バージョンの神居の、イケ熊っぷりもすごい！　そして美都の青年らしい可愛さに、あ、これは神居も惚れるはずだ……と真顔になりました。口絵もほんっとうに素敵で、口絵の宿命とはいえ、内側に入っちゃうのもったいない～と悶えています。――と思ったら、リブレさんは裏表紙にミニ版を載せてくださるんだった！　ありがとうございます！

そんなわけで、萌え全開で書かせていただいたお話ですが、いかがでしたでしょうか？　もしよろしければ、ご感想などお聞かせくださいね。読者様のお手紙は、心の栄養です。

あと、時々番外編同人誌を作っております。前作『花嫁は愛の宝石』では検索エンジンさんに期待、と丸投げしてしまっておりましたが、あれからブログとツイッターを作り直しました。そちらでご案内しておりますので、よろしければ覗いてみてくださいね。ツイッターは欲望丸出しで、毎日ほぼもふもふもふもふ呟いているだけなので、もしもふもふがお好きでしたら、かまってやってくださると嬉しいです。ご家族（ペット様）の肉球お写真なんかを送ってくださると、悶え喜びます。


今作も執筆中に、いろいろとご迷惑をおかけしてしまいました……。申し訳ありません。

担当様はじめ、たくさんの方々のお力添えのおかげで、無事に本にしていただけています。拙作の制作・販売にかかわってくださったすべての方に、感謝いたします。


それでは、最後までおつきあいくださったみなさま、本当にありがとうございました。

またどこかでお会いできたら嬉しいです。

◆初出一覧◆

ハニーベアと秘蜜《ひみつ》の結婚　／書き下ろし

# ビーボーイ小説新人大賞募集!!

## 「このお話、みんなに読んでもらいたい!」
## そんなあなたの夢、叶えませんか?

小説b-Boy、ビーボーイノベルズなどにふさわしい小説を大募集します!
優秀な作品は、小説b-Boyで掲載、もしかしたらノベルズ化の可能性も♡

努力賞以上の入賞者には、担当編集がついて個別指導します。またAクラス以上の入選者の希望者には、編集部から作品の批評が受けられます。

**大賞…100万円+海外旅行**

**入選…50万円+海外旅行**

**準入選…30万円+ノートパソコン**

**佳　作**　10万円+デジタルカメラ
**努力賞**　5万円
**期待賞**　3万円
**奨励賞**　1万円

※入賞者には個別批評あり!

## ◆募集要項◆

**作品内容**

小説b-Boy、ビーボーイノベルズ、ビーボーイスラッシュノベルズなどにふさわしい、商業誌未発表のオリジナルボーイズラブ作品。

**資格**

年齢性別プロアマを問いません。

注意!
・入賞作品の出版権は、リブレに帰属します。
・二重投稿は堅くお断りします。

## ◆応募のきまり◆

★応募には「小説b-Boy」に毎号掲載されている「ビーボーイ小説新人大賞応募カード」(コピー可)が必要です。応募カードに記載されている必要事項を全て記入の上、原稿の最終ページに貼って応募してください。
★締め切りは、年1回です。(締切日はその都度変わりますので、必ず最新の小説b-Boy誌上でご確認ください)
★その他の注意事項は全て、小説b-Boyの「ビーボーイ小説新人大賞募集のお知らせ」ページをご確認ください。

**あなたの情熱と新しい感性でしか書けない、**
**楽しい、切ない、Hな、感動する小説をお待ちしています!!**

ビーボーイノベルズをお買い上げいただきありがとうございます。
この本を読んでのご意見・ご感想をお待ちしております。

〒162-0825 東京都新宿区神楽坂6-46
ローベル神楽坂ビル4F
株式会社リブレ内 編集部

アンケート受付中
リブレ公式サイト　http://libre-inc.co.jp
TOPページの「アンケート」からお入りください。

B●BOY NOVELS

# ハニーベアと秘《ひ》蜜《みつ》の結婚

2017年11月20日　第1刷発行

著　者――水瀬結月



発行者――太田歳子

発行所――株式会社リブレ

〒162-0825 東京都新宿区神楽坂6-46ローベル神楽坂ビル
営業　電話03(3235)7405　FAX 03(3235)0342
編集　電話03(3235)0317

印刷所――株式会社光邦

定価はカバーに明記してあります。
乱丁・落丁本はおとりかえいたします。



この書籍の用紙は全て日本製紙株式会社の製品を使用しております。

Printed in Japan
ISBN 978-4-7997-3563-3